# 城春草木深

金仁顺　著

中国友谊出版公司
GUANGXI NORMAL UNIVERSITY PRESS
广西师范大学出版社

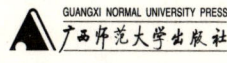

图书在版编目（CIP）数据

城春草木深 / 金仁顺著. -- 北京：中国友谊出版公司；桂林：广西师范大学出版社，2024.12.
ISBN 978-7-5057-5812-4

Ⅰ．I247.5

中国国家版本馆CIP数据核字第2024KV8857号

# 城春草木深

作者：金仁顺 著

出版：中国友谊出版公司
　　　广西师范大学出版社
发行：广西师范大学出版社
　　　广西桂林市五里店路9号　　邮政编码：541004
　　　网址：http://www.bbtpress.com
经销：全国新华书店
印刷：广西民族印刷包装集团有限公司
开本：787 mm×1 092 mm　1/32
印张：7　　字数：110千字
版次：2024年12月第1版　2024年12月第1次印刷
书号：ISBN 978-7-5057-5812-4
定价：60.00元
地址：北京市朝阳区西坝河南里17号楼　　邮编：100028
电话：（010）64668676

如发现印装质量问题，影响阅读，请与出版社发行部门联系调换。

# 目 录

僧舞 /001

高丽往事 /019

盘瑟俚 /040

伎 /055

城春草木深 /073

乱红飞过秋千 /146

引子 /159

未曾谋面的爱情 /175

猿声 /197

# 僧 舞[1]

不知道雨是什么时候停的。知足禅师入定时,雨细密如丝,在天地间梭织,山水、树林、庵堂,都变成了布匹上的图饰。他无声地念诵经文,感觉自己在一点点缩小,直至成为一粒茧。而他的灵魂是这茧壳中的一颗水滴,水滴的深处和宽阔都无限,梭织另一片云天——

树木的馨香和草地的鲜嫩气息,与夜色和湿气融化在一处,浆汁般令人浸润其中。蓦地,一团清凉之气冲破了沉寂,宛若花朵绽放瞬间,香气骤然爆发,随即,受了惊吓般滞住,

---

[1] 《僧舞》是朝鲜妓房舞蹈最具代表性的作品,被学者评价为"朝鲜民族舞蹈的精髓"。据传,朝鲜时期松都名妓黄真伊着僧服舞蹈,诱惑修道僧知足禅师,使其破戒,此为《僧舞》的来源。

然后，才丝丝缕缕地洇散。

——知足禅师睁开眼睛，发现自己被注视着。

女人跪坐在门口，淋得透湿，夏布衣裙皱巴在身上，体态山山水水，轮廓分明，头发披散开来，发梢处还有水滴缀着，黑丝中扬起的脸庞，青白如苔纸，她咬紧牙齿不让自己发出打冷战的声音。

知足禅师朝屋顶看了看，她不是从天上掉下来的，但她是怎么在这样一个时刻进了寺院的大门，又穿过几进院落，来到这里的呢？

"阿弥陀佛——"知足禅师说。

女人张了张嘴，嘴唇颤抖得说不出话来，眼睛幽幽黑，仿佛整个夜晚，以及所有的寒冷都被她吸进了双眸。

知足禅师走下竹榻，朝女人伸出手——

离这里最近的禅房也要走上一千步。尽管这个女人比羽毛重不了多少，但知足禅师并不认为把这个女人抱到那里去是件易事，也不认为这是个好主意。她蜷在他怀里，衣衫湿寒，冰肌玉骨，他连打了几个冷战。她的眼睛微闭着，覆在密而长的睫毛下面，让他想起林间的野狐。

知足禅师把女人抱上竹榻，瓦盆里的炭已经烧到灰白色，里面的火光细弱闪烁，宛若夹在书页里面的红绸书签。他用烧火棍拨旺残火，从木桶里面挑了几大块炭加进去，顺手把装了泉水的铁壶坐到瓦盆上面。

知足禅师拿出一套僧服放在女人身边,拍了拍,转身走出禅房。

屋外气温冷凉,如同置身于湖水中间,散发着淡淡的腥气,平时扑面而来的花香,此时不知道憋在哪些花苞里面,瓦缝里残存的雨水自檐角滴答一声,又滴答一声。门外摆着女人的鞋,湿透了,却没有沾上泥浆。

知足禅师仰头望天,满天乌云全然没了影踪,夜空于深黑中透出幽蓝,月如银盘,华光内敛,隐约着另外一个清净世界。

"大师——"室内轻唤。

知足禅师应了一声,不急着转身,仰头又看了会儿月亮,才缓缓拉开门,进到房内。

女人换上了他的僧服,把他的袈裟也披上了。那件袈裟,茜色,用金线以鸟足缝手绣连缀而成,质地上乘,做工考究。起初披上身时,他仿佛陷落于一团锦绣华彩中,如踏祥云,腿脚都软了三分;最近两次才跟袈裟融为一体,只觉得法相尊严,气度不凡。

知足禅师上了竹榻,在蒲团上坐稳。

"明月拜见大师。"女人湿发像两块黑缎带,垂在脸颊两边,她两手平展叠加,高高举过头顶,对他行跪拜礼,当她身体低下去时,头顶上的发际线清晰可见。

"阿弥陀佛!"知足禅师单手回礼,"——女施主缘何深夜到此?"

"我有心结,"女人低眉垂眼,"烦请大师开释。"

"这个时辰——"知足禅师看一眼衣架,女人的夏布衣裙湿漉漉地搭在上面,他转向她,微微点头,"女施主请讲。"

女人沉默片刻,抬眼望着知足禅师,她的眼眸被袈裟映衬,在烛光中闪烁,猫眼一般,"请问大师,我该如何看待自己的肉身?"

"人身难得,"知足禅师说,"理当自重。"

"虽然自重,但有时,灵魂似乎能自行从肉身中飞出,蝴蝶般落在旁侧,观看肉身的喜怒爱恨,凡此种种。"

"凡此种种,皆是空相,"知足禅师说,"修行,能明心见性。明心见性,就不会为诸相苦恼了。"

"凡妇哪有大师的德行和慧眼。"女人轻声喟叹,"肉身于我,仿佛戏匣,每次打开,多是痴缠与纵情。世间男子迷恋我,而我亦于其中生出诸多喜悦——"

"梦里不知身是客,"知足禅师说,"我们来到世间,行色匆匆,悲苦无限,不要被乱花迷了眼睛。"

"花开有时，转眼凋零，"女人说，"声色亦如是。既然行色匆匆，悲苦无限，那么，青春正好，更没有辜负的理由啊。"

"声色是幻象，不抓紧时间修行，来世难免要轮回受苦。"

"可我并未觉得受苦啊。恰恰相反，肉身的欢愉令我销魂。"女人低头看看自己，一截胳膊从僧衣中伸出来，宛若新藕，她轻轻一摆，空气中荡起了涟漪，"我对我的肉身，充满感激之情，眼耳鼻舌身意，色声香味触法，个中微妙，令我喜不自禁。连惆怅和失落都是值得细细玩味的。"

她把胳膊又收回去，僧衣下面却不再是平静的，仿佛藏了莲花。

知足禅师轻咳了一声，"——迷路的人，并不是脚下无路，而是找不到正确的路。"

"所以，明月冒昧前来，恳请大师指点迷津——"女人朝知足禅师挪近了两尺，直视他的眼睛，"倘若人生如梦，那肉身算是什么？载梦的器物？"

知足禅师清修已经很久了，他早已淡忘了和女人相关的某些事情，比如，女人就像林间的动物，距离过近，难免让人心慌意乱；女人的气息披覆着羽毛，长着爪子，越是被绚丽羽毛迷惑，越容易被爪子抓伤；大多数时间，女人像猎物,偶尔,她们也会变成猎人——

"——肉身用来思考、修行、觉悟。"

"身似菩提树?"

知足禅师顿了顿,"女施主学问精深。"

"大师取笑了,"女人两手交叠在支起来的那个膝盖上,"身似菩提树,潜心修行,修到菩提本非树,是不是就算觉悟了?"

"——也可以这么讲。"

"这种修行的过程,跟爱情的路径刚好相反,"女人展颜一笑,笑容带着香味儿似的,弥漫在空气中,"男人们迷恋女人,起初一头扎进温柔乡里,忘了自己是谁,但随着时间的变化,男人们慢慢地又知道自己是谁了,这也到了他们背起行囊离开的时候了。对于女人,男人不是客又是什么?"

瓦盆里的炭火烧起来了,房间里面的寒气不知不觉已被驱尽,铁壶里面的水咕嘟咕嘟地发出声响。

"男人是客,女人也是客,"女人轻叹一声,"肉身无异于客栈。"

知足禅师刚要起身,女人说:"请让我来吧。"

女人脱掉袈裟,却没把它立即叠起来,而是托于双臂间细细打量,"多美的衣裳!"

"光明在内。"

她莞尔一笑,手腕翻转,云朵般的袈裟被她三折两折,叠得方方正正,像本书似的摆放在架子上面,她扭转身,把小茶桌摆到知足禅师的身前,茶桌茶具都是旧物,木头乌亮,瓷釉温润如玉。

女人拎着铁壶,冲洗茶具,小茶桌上面一时间行云流水,茶叶仿佛从她的指尖上刚生出来,被她顺手移栽进杯中,嫩芽初啼,清香四溢。

"大师爱过女人吗?"女人喝口茶,问道,"我是说您入寺修行以前?"

"爱是慈悲——"

"我指的是爱慕,"女人打断了知足禅师的话头,"男女两情相悦,肌肤相亲——"

知足禅师看着她,她对自己的无礼并不以为然。

"——俱是镜花水月。"

"也是缘定三生。不是说,百年修得同船渡,千年修得共枕眠?"

"万事都有因果。"

"今夜我与大师促膝谈心,"女人盯着知足禅师的眼睛,铁壶提在她的手中,"又是多少年前修来的因果?"

"——阿弥陀佛！"

"当年只怕我是一粒沙子，"女人给知足禅师的茶杯续上茶水，"落入到大师的身体里，大师那会儿还是只蚌，对我这个不速之客无可奈何，收留我，以血肉之躯滋养我，把我变成一颗珍珠——"

还真是的。知足禅师的胸口处，有药丸大小的痛楚，时不时地，隐隐地、深深地，疼。

门扇都是关闭的，但知足禅师知道，夜色变得浓烈深沉了。天上的那轮明月，想必也更皎洁。

"大师还没回答我的问题呢。"女人给自己的茶杯也续上水，"我当如何看待自己的肉身？"

"人身难得，理当自重。"

"请恕我不敬，"女人眼眸幽深，烛光映在其间，"大师只会这两句陈词滥调吗？"

"不然呢？"

"我的肉身早在我的思想成熟前，就知道这个道理。肉身是多么奇妙珍贵啊，皮肉血脉，筋骨肢体，春华秋实——"女人的手伸到了知足禅师的面前，瞬间变出一朵花来，细看，那不过是她的手指；而手指，转眼又变成了一只柑橘。

"——夏雨冬雪，喜怒爱恨。窗是推出去，门要拉开来——"她的动作缓缓地配合着语言，活灵活现，"我花了很多时间学习像蝴蝶那样落于某处，我还花了更长时间研究白鹤如何在水中伫立、起舞，需要的话，我可以像树一样，脚底生根、枝条摇曳——肉身不只是裹着血肉骨头的皮囊，不只是载梦的器物，肉身也不仅仅用来受苦受难，修行觉悟，肉身是大千世界里的一个奇迹，肉身本身也是个大千世界。"

知足禅师沉默良久，"女施主如此通透，又何须来此求解？"

"我以为大师会有不俗的见地，帮我脱离苦海。"

"你似乎并无苦恼。"

"我的苦恼在于，我所爱的东西，都太过短暂，花朵凋零，果实腐烂，红颜不再，爱情如一江春水无法挽留——"

"源自泥土，也终将归于泥土，你肉眼看不见的，并非真正的消失。因果深埋，在某个时间，种子发芽，将再次回到世间。"

"肉身或许可以回来，那我的舞蹈呢？"

"舞蹈？"

"大师看不出，我是个舞者吗？"

知足禅师放下茶杯，"本来无一物。"

"看不见的，就是'本来无一物'？！"女人迅疾反问，"那极乐世界何尝不是'本来无一物'？不都是空吗？"

"是空，但，空中妙有。"

"这个'有'，非大师这类的人物不能得见，对不对？"

"——阿弥陀佛！"

"——阿弥陀佛，"女人哼了一声，"是大师的盔甲。万事万物，一句'阿弥陀佛'，便尽数消解，这也太容易了吧？依我看，大师内心里面，未必不是红尘万丈。"

"——那正是我在这里修行的原因，"知足禅师说，"努力把内心里的红尘连根拔去。诚如女施主所言，这不是一句'阿弥陀佛'便化于无形的，相反，修行过程如同蚊叮蚁噬，点点滴滴，进展缓慢，有时候，免不了还要倒退。"

女人沉默。

"所以，我不是什么大师，我跟你一样，有着种种困惑、怀疑。"

"大师如此坦诚恳切——"女人叹了口气，微笑像两个菱角嵌在她嘴角边，她的脸庞在烛火和炭火光中，暖如夕照，"——倘若我们是在另外的地方相遇，我会爱上您的。"

炭火正炽，烛光轻轻抖动，房间里越发燥热，女人身后架子上面，湿衣雾气上飘，丝丝袅袅，仿佛千手观音。

知足禅师一时震惊，无言以对。

"阿弥陀佛！"女人双手合十，"冒犯了大师，万望见谅。"

"女施主慧根深种，潜心修行，必有所成。"

"倘若我皈依，大师肯指引我吗？"

"以女施主的资质，"知足禅师说，"放下万缘，观照内心，即是觉悟之道。"

"大师这样三言两语，指点迷津，对于明月而言，无异于甘霖雨露。"女人伏下身子，跪拜在地，发丝拂于知足禅师的膝头，"我有心皈依，恳请大师垂怜。"

"女施主请起——"

"大师答应了，我才起来。"

"修行在心，不在乎形式，"知足禅师说，"你这么执着，已经远离修行正道了。"

女人沉默良久，直起腰身，抬起头，神情戚然，泪光浮现眼眸，"——大师所言极是，到底是凡夫俗子，不知不觉，贪念顿生，执迷不悟了。"

"修行，觉悟，说起来简单，做起来长路漫漫，"知足禅师轻叹，"尘世宛若蛛网，千丝万缕，把我们粘连，所谓解脱，即使拥有把自己肋骨根根折断的意志和勇气，也未必能证得最后的圆满。"

"如此煎熬，大师仍旧无怨无悔？"

"你是舞者，舞蹈时，想必也有诸多不为人知的痛楚，你不是也乐在其中？"

"所以说,"女人轻轻击掌,笑容宛若昙花在暗夜中,悠然绽放,"我与大师,是殊途同归。"

"我为大师跳一支舞,可以吗?"女人问,"我有很多话想对大师讲,但我的身体比任何别的,更适宜表达我此时的心情。"

清修室只能摆下两张安东龙纹草席,又有些起居必需之物。

"我曾经在小饭桌上跳过舞,在磨盘上也跳过,甚至男人的胳膊上面——"女人读出知足禅师的思想,莞尔一笑,"这里足够大了。"

"事实上,"知足禅师说,"沉默即是万语千言——"

"您不是讲,'本来无一物'?"女人说,"我想让您看看'本来'的样子,也想让您看看空中的'妙有'。"

两人对视了一会儿,知足禅师把茶桌挪到门边,自己也后退到墙边。

女人转头看了看瓦盆,她的身体稳稳地坐着,脖颈天鹅般扭转,整个人很奇妙地被拉长了,然后,又弹性十足地回归原位。她双手撩起头发,在脑后拢至一处,攥紧,一绾,伸手从知足禅师手中拿过菩提子串珠,盘束住脑后的发髻。

她把袈裟从架子上面拿下来，慢慢地，展开一张画纸那样，把袈裟铺开，而当她起身把袈裟蝉翼般从头顶披在身体上时，竹榻上面，依旧铺了什么似的，女人的腿抬起来，脚踝轻摆，宛若笔头，一笔一画地书写，字迹分明，又了无痕迹，她似乎写了些非常重要的东西，但知足禅师一时无法领悟——

她慢慢地退后，缓缓坐下，双膝盘成莲花宝座，双手合十。

她是一句谶语！

知足禅师望着她，无法挪开自己的目光，就如同他无法拂袖而去，把她独自留在这里。虽然，他知道他应该那样。

袈裟挡在了知足禅师的面前，米浆浆过的细夏布，挺立如屏风，在烛影中，她的手臂枝条般伸展、生长着，宛如春天新叶初萌，万物生发；她的腿，却是属于夏季森林和草地的，修长，优美，随时要跃动、腾飞，踢踏起野花的芬芳；她的僧衣果皮般从身体剥落，胸乳、腰肢、躯干，如此饱满，浆汁充盈，就连身体的味道——被炭火烘烤出来的暖香，也属于秋季暖洋洋的午后；她把袈裟重披上身，身体像根新灯芯，在烛光中隐隐约约，而她的脸庞，白净，皎洁，宛若夜空中悬挂着的银盘——

明月。知足大师想起来,她的名字。

他不知道她是什么时候,如何把木鱼拿到手上的,木鱼声声,声声敲在了他的心坎上。敲得这个夜晚波澜起伏,暗香涌动,淹没了几十年清修的宁静,他的身体内部风暴翻卷,把很多东西——沉睡多年、尘封多年——吹刮成碎片,他头颅里面的思考和经文,仿佛刚刚的雨水,从她的湿衣中袅袅飞散掉——

她的身体就在他眼前,既真实,又梦幻,有多么真实就有多么梦幻,女人的双眸,活生生两点烛火在闪烁,袈裟在她的肌肤上面燃烧,他想把她推远,还想把袈裟从她的身体上剥下来,他的手一贴到她身体上,就着了魔道,再也不属于他了。

她的手臂缠到他的颈项,肌肤贴向他,"肉身,难道不应该被亲近、被享用、被追忆吗?"

"阿弥陀佛——"徘徊在知足禅师的唇边,被颤动不休的牙齿碾切成碎末,她的嘴唇在黑暗中找寻过来,把他肺腑间最深切的叹息吸走了。

"大师,"她在他怀中呢喃,"人身难得,理当自爱。"

他把她拥紧在怀中,浆果般地想把她挤碎,菩提子颗颗坚硬,硌疼了他。他的身体里面,从脑顶到足底,有一束光亮着——

十五岁的小沙弥第一次出寺院化缘，他在松都的街道上，看见十几个衣饰华丽的女人，载歌载舞，欢动一城，男人们夹杂在女人中间，他们的笑容散发着酒气，其中几个男人抬着的担架上面，有个女人全身素白，躺在上面。

"明月一去，"有人高唱，"松都从此没了魂魄！"

乌鸦不断地飞来，栖落于树上，几十、几百，密密麻麻地挤在树枝上，它们沉默而耐心，等着月华如洗、盛宴开筵的时刻。


清晨她醒来的时候，知足禅师坐在晨光中间，双目微闭。

室内秩序井然。袈裟叠得棱角分明，搁在架上，跟佛经并排。茶桌茶具、炭盆衣架，仿佛从未被染指过。

"醒了？"知足禅师睁开眼睛。

她发现，他什么都知道。

她就像一滴墨汁，落入他的清水钵中，她确实做到了跟他浑然一体，松都有一头黄牛，现在归她所有了。

"我来回答你的问题。"他说，"你当如何对待自己的肉身？人身难得，理当自重。"

"——"

"第二个回答是,"知足禅师说,"你的舞蹈,即是修行。"

"——"

"现在,女施主请回吧。"

她没动。

"松都明月,"他一字一字地念,"禅寺晨钟。"

他的平静让她有些慌乱。

"大师——"

"脱掉、扔掉、忘掉。"

她跨出门,他在屋内昏暗的光线中间,双手合十,双目微合,宛若泥塑木雕,她把拉门拉上时,觉得自己把他永远地留在黑暗中了。

天色将明未明,晨雾漫卷,天地混沌。

十六年后,她在梦境中重回禅寺,雾气如烟,月亮挂在天上,隐约是知足禅师的脸庞,他催促她离开寺院,"像蝴蝶那样飞走吧。"

她胸口处一阵翻滚,坐起身时,血吐在银灰色夏布裙子上面,像几只血色蝴蝶,翩然欲飞。

床榻周围的姐妹们惊叫起来。

"咋咋呼呼的——"她瞪了她们一眼,笑了。

高烧在她的身体里面清理、洗劫,她变得越来越轻,比云朵还要轻。

往事如烟。

"我们都是世间的过客,到了要跟你们告别的时候了,之前讲过的事情,你们没忘记吧?"

妓生们互相看看,点点头。

"说了不做,"她的目光从她们的脸孔上一一看过去,"死后会万劫不复的。"

"姐姐——"几个人同时叫起来。

第二天下午,明月白衣白裙在松木板上,被几十个浓妆艳抹、衣裙艳丽的妓生抬着,载歌载舞,送到河边。全松都的人都出来看热闹。

明月神情鲜活,宛若新生。

"死也美得让人心疼啊。"男人们说。

不时地有男人加入进来,从酒坛里面舀酒喝,跟妓生们一起唱歌跳舞,后来,连一些女人也喝起来、跳起来了。

"明月一去,"有人高唱,"松都从此没了魂魄!"

明月的尸骨散落在河边,几个月后,有个十五岁的小沙弥在化缘回寺院的路上,被地上的残骨吸引,顿住了脚步。

"她不让人埋她。"小孩子们看到沙弥脱掉了自己的僧衣,把四处收拢来的尸骨放在上面,提醒他,"活着时,让别人心碎的人,死后就是这个下场。"

小沙弥收集了残骨,把僧衣裹紧,离开时,他扭头冲孩子们笑笑。

"阿弥陀佛!"

# 高丽往事

午后到琴馆听琴喝茶,是文宗国王多年的习惯。世兰王后从小学习伽倻琴,曾得离俗大师亲自授艺,在她以后,离俗大师再未收徒。世兰十八岁那年被选入宫中做禧嫔时,随身携带着浅蓝灰色锦袋,袋口用一束深蓝色丝线收紧,丝带在锦袋口垂摆飘浮,如一注流水。新进宫的名媛佳丽中,世兰说不上多么靓丽抢眼,但人琴相依,显现出与众不同的韵味儿。

文宗国王在世兰面前停住脚步,打量下她身侧。

"带来个锦囊,"文宗看着世兰,"不知道里面装着什么妙计——"

世兰红晕铺上脸颊,唇角向上一扯,深深地钩下头去,发髻下面露出的颈项宛如一截新藕。文宗国王转身瞟一眼身边的内官,点了点头。当夜,世兰洗过香浴后,被送进了文宗国王的寝宫。她的琴随后也被送到寝宫。

"让我听听不一样的。"世兰把琴摆放到身前时,文宗国王说。

世兰犹豫了一下,抬起右臂,手指在琴弦上面滑动,一串音符在她的手指下面迸出。文宗国王仿佛看见一只蝴蝶,破茧而出,翅膀还有些湿,缓缓地扇动——随着乐曲的行进,蝴蝶飞了起来,更多的蝴蝶飞来加入,百灵鸟也跟着鸣啭,花香、草木的清芬都融汇进来,文宗国王要努力控制住自己,才没有从座位上起身跳起舞来。

"这是什么?"文宗国王听惯了正乐和雅乐,世兰的曲子让他大感惊异。

"请陛下恕罪,我弹奏的是民间的俗乐。"

"听起来很快活!"文宗国王感慨,"再弹一首。"

世兰略略沉吟,弹了起来。蝴蝶、百灵鸟、花香草香都消失了,文宗国王看到一个素衣女子,在清晨的河边唱歌。河水仿佛一匹蓝色的绸缎,悠然流转,而淡紫色江雾,从江面上袅袅升起。

文宗国王想起自己的初恋,眼里泪光闪烁。

"——陛下?"世兰一曲终了,抬头看一眼文宗国王,不安地叫了一声。

"这曲子可以媲美春天早晨的和风、秋天深夜的月光。"文宗国王回过神儿来,"离俗大师的弟子,果然不同凡响。"

"多谢陛下,"世兰微微颔首,"乡野俚曲而已。"

"乡野俚曲经你的指尖点拨,"文宗轻叹一声,"值得筑馆收藏啊。"

几个月后,后宫内为世兰建了一所琴馆。

"流声"琴馆坐落在荷花池畔,与世兰的寝宫只隔着一片竹林。琴馆由工匠和乐师共同设计,全部选用竹木搭建,屋顶上铺着留有气孔的琉璃青瓦,六角屋檐垂着竹片做成的风铃。一道流溪从琴馆内穿过,流进荷花池里。

世兰把琴台设在溪水边上,琴声与溪流声、窗外风吹竹叶的沙沙声,乃至夏日新荷的清香,交汇贯通。隔着流溪,文宗国王坐在一铺花纹席上。在他的身边,茶艺馆的两个内官把流溪的水烧热,为文宗国王点茶。

"到底是四十岁的女人了。"文宗国王感慨着。眼前的女人身上,重叠着无数个禧嫔世兰的身影。那时候文宗国王自己刚过四十岁,十八岁的世兰是第一个让他醒悟到纵使他受命于天,位列五尊,也难脱衰老命数的人。每天夜里,她被内官用丝绸裹好,送入他的寝宫里。丝绸抖落开处,女人比丝绸更滑腻的肌肤让文宗国王爱不释手，那是活生生的一页青春啊。文宗国王有时用笔，更多时候用手指蘸着茶水，在她的后背上写诗，"静坐处茶半香初，妙用时水流花开"。他边写边在世兰耳边轻声吟咏，羞得她撩起一头长发想要遮住自己的脸庞。他把她的身子翻转过来，摁倒在榻上，整夜地要她，不停地要她。她的长发被他摇动得满榻纷飞，再也遮挡不住她的娇羞，像一朵墨菊疯狂地不断开放，她死死地咬住一绺头发，阻挡在体内流窜着的、能让自己都受到惊吓的声音。

激情过后，文宗国王用手拢住世兰的秀发，另一只手在她的肌肤上撩拨着滑走，喃喃道："你是我的伽倻琴。"世兰泪流满面，身体因为强烈的幸福而阵阵抽搐。没进宫时，都传文宗国王寡义薄情，她替他惋惜，为他枉担了这个名声而遗憾。

两年后，久病缠身的玉林王后过世，文宗国王立禧嫔世兰为王后。玉林王后的名号和命运像一件绸衣披到了世兰的身上。

从加冕典礼开始，世兰王后脸上现出雍容端庄的表情。

"吓了一跳，"当天夜里的宴会上，文宗国王悄悄对世兰王后说，"我以为是玉林王后复活了呢。"

宴会结束的时候，文宗国王径自回到寝宫。世兰王后经过一整天典礼宴会，也疲惫不堪。但接下来的一天，一个月，一年，文宗国王再也没有在夜里召过世兰。在她觉得一切都完美无缺的时候，文宗国王整夜欢爱的热情像浮云一样，从世兰王后年轻的天空中飘远了。国王的多情从不缺少驻留之处，皇宫里年轻的女子像花朵一样多，她们都有比新鲜苔纸更富弹性的肌肤。

文宗国王保持了午后到"流声"琴馆待上一个时辰的习惯，喝茶、听世兰王后弹伽倻琴。世兰王后曾试图挽回国王的爱情，她穿过内宫最暴露的衣服，让内官们都抬不起头来，还化过只有风尘女子才敢尝试的妆容，更在所弹奏的曲调中加入了一些轻佻的音符。文宗国王对她的努力和勇气显示出一些兴趣，但一旦两个人进入肌肤相亲的阶段，文宗国王的疲倦感便暴露无遗。到后来，他开始恐慌自己是不是在任何女人身上都失去了纵横驰骋的能力，还特意宣来太医，让他们为他调制几副汤药。

弹琴和听琴，成了世兰王后和文宗国王见面的理由。世兰王后甚至觉得，要不是国王和王后偶尔要商议、谈论政事宫事，文宗国王连琴馆只怕也再难涉足了。

世兰王后的伽倻琴散调弹得十分哀怨，文宗国王隔溪而坐，似乎并不介意琴声的意味。他越来越多的时间，是喝酒而非品茶。世兰王后也喜欢上了喝酒，吃得也越来越多，她的身体藏了秘密似的鼓胀了起来，脸变成原来的两个大，眼睛却小了一半。她的目光如今变得尖细而敏锐，被她盯视的人会感觉到皮肤上的割疼。

一阵细碎匆促的脚步声朝琴馆奔过来，上过浆的夏布裙子在青石板上摩擦出窸窸窣窣的声响，这些声音在琴馆门口停下来，过了一会儿，门口跪着的内官朗声报道："恭喜国王刚刚得了一个小公主。"

世兰王后的手指还摁在琴弦上，文宗国王已经霍然起身，"生下来了？"

门外传来宫女们的笑声和细语。

"小公主是笑着生下来的。"内官听完宫女们的话，又向里面通报。

文宗国王朝门口走去，他的步伐开始显出年迈之态，但腰杆仍旧是挺拔的，他站在门口，像一块乌云把涌进来的阳光阻挡住，"是一个爱笑的小女子吗？"

"是的啊，"宫女们麻雀似的叽叽喳喳，"从来没见过这么可爱的婴儿。"

"小公主漂亮极了——"

"笑眯眯的——"

世兰王后走到门口，宫女们见她出现，连忙躬身行礼，没有人再说话。

"孩子刚生下来，不哭反笑，"世兰王后沉吟着，"倒是异象呢。"

"什么异象？！"文宗国王皱起眉头，语气严厉，"自从你在内宫找那些讨厌的道士做了斋醮仪式后，你的言论变得越来越奇怪了。"

"可是——"

"别忘了自己是什么身份。"文宗国王甩了下手，衣袖带出的一阵风像鞭子似的，抽断了世兰王后的话头。

世兰王后垂下头，连双肩也一并垂下去，低声答道："是。"

"去看看小公主。"文宗国王对内官说。

他径自向前走，世兰王后在文宗国王走出六步以后，才跟上去。内官们也慢慢跟了上去。


宫女们所言一点不假，那孩子被一个老宫女托在手上，黑亮的眼睛眨巴着，拧着腮上的两个小窝，笑得十分可人。文宗国王共有十九个王子，以前有过的一对双胞胎公主胎内带疾，没过一个月就死去了。此次鹏妃生下公主，倒比两年前生下王子更让文宗国王高兴。

"这么爱笑,干脆叫藏乐公主好了。"文宗国王接过孩子,看了一会儿,把孩子送还到老宫女手上。

他来到鹂妃榻前,手朝着那张比纸还白的脸伸过去,"辛苦你了。"

鹂妃在枕上偏了下头,躲过文宗国王的手,"我现在是血污之人,不要沾染了您的洁体才好。"

"嗯,辛苦了!"文宗国王冲鹂妃笑笑,转身又去看孩子,世兰王后宽阔的身形浮现到床前。

鹂妃挣扎了几下,想坐起来,"王后驾临——"

世兰王后冷冷地扫视着她,不说话。

鹂妃便只能更努力地坐,她身子骨平时就单薄,产后虚弱,手臂撑了几下,到底未能撑起身子。

"躺着!刚生产,不必拘礼。"文宗国王在世兰王后身后哼了一声,出门去了。

世兰王后的脸一下子变得煞白,她闻到屋内的血腥气,氤氲着,在她的身体四周聚集着,让她喘不过气来。她看着鹂妃用生丝丝带扎紧的腰身,似笑非笑地说:"到底是舞艺师的女儿,狐媚国王的本事是一刻也不放松啊。"

"取悦国王原本就是嫔妃的职责。"鹂妃甜甜地一笑,"不敢慢怠。"

舞艺师的女儿从小生长在宫内的歌舞教坊里，十七岁那年，她把自己绑在庭院中的秋千上练舞，被坐在车辇内刚刚下朝的文宗国王看到。他把她当成了在树影中起起落落的黄鹂，便顺口问了一句眼睛好使的内官，内官犹犹豫豫地对答，"看上去像是一个女人在飞。"

"会飞的女子？"文宗国王笑了，"去看看。"

车辇折向了歌舞教坊的后庭院中。文宗国王进到庭院中时，贞子姑娘刚从秋千上下来，赤足踩在一根拴在两棵树的树干间的细绳上，两只手高举过头顶，纤细的指头弄出花样儿，在文宗国王看来，那是两只随时会飞走的小白鸟。

她转身时看见进来的一群人，身体在绳上抖了抖，但转眼便站稳了。她定了定神，像片羽毛从细绳上飘落到地面。

贞子姑娘低头跪拜。

"我没在宫中见到过你啊。"文宗国王说。

贞子解释自己是舞艺师的女儿，练舞不是为了进宫表演，是出自爱好。

为了把贞子姑娘收进内宫，文宗国王破例把一个舞艺师封为贵族，使他的女儿有资格送选入宫。她成了文宗国王六十岁以后唯一能用手臂托起来的女人，她娇嫩的皮肤下面裹着的,似乎不是血肉之躯,而是柳絮飞棉。如同树根贮水一样,她保持了文宗国王对自己力量感的满足,即使在生过一个王子以后,她仍然能在一个盘子里跳完整支的舞蹈。

文宗国王封这个轻盈的女子为鹂妃。

世兰王后对这个轻佻的称呼深恶痛绝,但她的异议在宫里被人当成是老女人的嫉妒。世兰悲哀地发现,自从自己得了一个干巴巴的王后称号后,她从未有力量阻止任何事情。

"母仪天下吗?一个骗局而已。"世兰王后在中秋节的酒会上喝多了酒,对身边两个贴心的嫔妃说道。这话当夜便传到了文宗国王的耳朵里。他表现得很大度,握着鹂妃的两只手说:"女人一老,毛病就多起来了。"

鹂妃的手变戏法儿似的缩小了,从文宗国王用手指拢成的笼子中抽出来,变成白梳子插进浓密的黑发中间,她的脸上有浅淡的笑意,"王后的意思,是希望得到国王的宠幸。"

"她现在简直成了一个衣橱,都能把我装进去。"文宗国王笑了。

"看您说的。"鹂妃也笑了。

文宗国王伸出自己的胳膊,拉起衣袖,伸出两截枯树枝,上面生满木槿花瓣似的黑褐色圆点儿,叹息了一声,"我老了。"

"谁说的?"鹂妃的身子偎近文宗国王,"您现在还能用一只胳膊抬起我整个人呢。"她脱下了鞋子,一手拿着一只,"不算冒犯的话,我们可以试试看。"

"你是想听一听老人骨折时的声音吧?"文宗国王嘴上说着,但手臂并未放下来。

鹂妃提了一口气,先是一只脚,然后用两只脚踩到了文宗国王的胳膊上,她做了几个姿势,跳跃了两下,然后飘到地面上,胸口间屏着的一口气,不露声色地吐出来。

"你的前生是一只蝴蝶吧?"文宗国王笑了,"或者蜻蜓?"

世兰王后第二天早晨起床,宫女边服侍她洗澡,边绘声绘色地给她讲昨夜发生在文宗国王寝宫里的事。世兰王后慢吞吞地说:"这个出身下贱的舞艺师的女儿,她到底想要什么?"


藏乐公主在五个月大的时候死于非命。

文宗国王得到通报后来到现场,藏乐公主躺在自己的小床上,脖子被人扭断了,头歪在一边,脸颊上面酒窝依然,笑容如生。

太医跪在地上向国王低声说道:"似乎是死于女人之手。"

"杀死这样可爱的婴儿?"文宗国王伸手轻触藏乐公主,

她的体温已经冷了,他的指尖触到比水还软的肌肤上,那上面的凉意让他打了个冷战。

鹂妃从外面跑进来,长发披在身后,发尖处水滴珠圆玉润,跌到地面上便溅成水迹。她的身上穿着浴袍,轻纱下面的身体若隐若现。太医和内官们把头全都深深地埋了下去。

"怎么回事儿?!"她喊道,"我去沐浴前她还好好儿的——"

"不看也罢。"文宗国王退后几步拦住朝前冲的鹂妃,他虽然老眼昏花,但还看得见这个浑身湿淋淋的女人,眼底有火苗在燃烧。

鹂妃没有推开文宗国王的手臂,她隔着他的手臂望向床榻上的藏乐公主。她像一朵被掐断的花朵。偌大的宫内,没有一丝声响,宫女、内官和太医们能听到鹂妃发梢处水滴落地的声音。

"怎么会这样?"鹂妃扭头对着文宗国王,表情不像哭也不像笑。她抓住了他的手,抓得紧紧的,她的力量让他心悸。

"为什么?!"

他还来不及回答,她却突然放开了他。

她的身体融化般的,在他的臂弯中消失了,她跌倒在地上,白浴袍变成了一只绵羊,被黑色乱麻般的长发缚住。

文宗国王的眼睛花了。

藏乐公主的殡葬仪式比世兰王后的加冕之礼给后宫留下了更深刻的印象，后宫内最重要的两个女人在哀伤的音乐中，保持着沉默。瘦弱的鹂妃比平时更加轻飘飘的，身边的人担心自己随便吹口气都能让她飘飞起来。而世兰王后的身材在官服之下，似乎更加威风凛凛，她的脚步滞重沉凝。

宫里盛传藏乐公主的死与世兰王后有关。那天下午，她去看过小公主。

"为什么去看她？"文宗国王问她。

"为什么不能去？"世兰王后反问，"藏乐公主人见人爱，陛下下午没来琴馆，我闲来无事去看看她，何罪之有？"

"你看过之后，那孩子的命就没了。你的眼睛够厉害的。"

"陛下的意思是说，是我杀了藏乐那孩子吗？"

世兰王后迎着文宗国王的目光，毫不退缩。

"我也不愿意相信这种流言，"文宗国王长叹一声，"你曾在离俗大师门下学艺，你的手是用来弹琴的，而不是——"

文宗国王停下话头，端起眼前的杯子，将酒一饮而尽。

世兰王后觉得自己变得冷冰冰的，身体里的寒气与眼前正过着的夏天格格不入。她的手搭上琴弦，骤然弹出的音符令文宗国王一惊。他隔着流溪打量世兰,她的手在琴弦上,像两只白色硕大的蜘蛛。那曲子如此绝望哀伤,琴弦仿佛变成了蜘蛛的眼泪。

琴声如诉。

几十天来,鹂妃差不多把后宫所有的花全都掐了。她不把花朵掐断,让花朵歪在枝茎上面,每掐一朵,她都扭头问宫女,"是这样的吗?"第一次问的时候,宫女不敢回答,鹂妃用手里的一枝玫瑰在宫女的脸上抽了几下,那张脸让所有的宫女学会了对鹂妃说"是"。那是鹂妃唯一一次发脾气,大多数时候,她很温和。她用手掐花的动作,优雅中透出一股小女孩儿般的烂漫神态。在掐玫瑰的时候,她的手被扎得千疮百孔,鲜血淋漓,手指肿得像胡萝卜。她的手甚至拿不起筷子和勺子。鹂妃瘦得如一根细竹,衣服在她身上晃晃荡荡的。

鹂妃来到琴馆旁边的荷花池时,世兰王后正在弹琴。一个内官摇橹驾舟,鹂妃独坐在船头,在湖上荡着。鹂妃肿得变了形的手把握不好力度,她掐断了所有荷花的颈。

那天下午,世兰王后的琴声恢复了往昔的神韵,她一曲接一曲地弹奏着,文宗国王数次想要起身离去,但总有几个音符会跳起来，把他按回到座位上。他意识到，世兰演奏的曲子和她本人一样，不再是那个烂漫的少女，变得沧桑了。

世兰王后弹罢最后一曲，抚着琴弦沉默了一会儿，幽幽地说道："倘若时光能够倒流，我还愿意进宫做您的妻子，但我不愿意再做王后了。"

"我曾经真心地喜欢过你。"文宗国王说。

"谢谢陛下的垂爱。"世兰王后微笑着说。

荷花池那边传来鹏妃尖利的哭叫声。

文宗国王和世兰王后定住了似的，沉默片刻。

"感谢您多年的照顾。"世兰王后把琴放好，双膝并拢，对着文宗国王深深一拜。

"世兰——"

世兰王后泪水迸射而出，"多少年了，你不再叫世兰，只叫我王后。"

"我老了，"文宗国王一阵伤感，"再也不能把一件事情想得很清楚了。"

世兰王后笑起来，先是轻轻地，然后变得越来越难以抑制，连身上的肉都颤动起来。

"上个月，我还一本正经地向仁正道长请教过炼丹术呢，真可笑啊。"她越笑越疯，笑声从琴馆传到了外面，鹏妃的尖叫停止了，世兰王后笑了很久。在她死后的很长时间，宫女们私下传言,她那天下午的笑声还保留在琴馆里,每个进入琴馆的人都能听到世兰王后的狂笑声。

"疯了!"文宗国王看着大笑着的世兰王后,起身离开琴馆。

那天夜里,在琴馆,世兰王后用一根琴弦勒死了自己。


鹏妃成了文宗国王的第四个王后——贞王后,她说服文宗国王,不顾大臣们的反对,废了原来的世子——玉林王后的儿子,把她自己的亲生儿子立为新世子。

废世子万念俱灰,在王后后花园里行刺贞王后,于是他得到了一个机会,亲自证实了长久以来在后宫内流传的贞王后会飞的说法。

废世子在菊园中躲藏了一夜,清晨的露水把他浑身打得透湿,他在一片鲜艳的色彩中间看到贞王后白衣白裙的身影,那些花朵并不能使她失色,反而使自己的美丽变得怯生生的。贞王后的步子很慢,大雾使她看上去像是顺水漂流到废世子面前的。

废世子握着剑从花丛中站了起来。

"我料到你会来这一手。"贞王后见到废世子,微微一笑。

"是你自己逼我到今天这一步的。"

"是你自己放不开。"贞王后眯起眼睛打量着废世子,然后她扭头指了指四周,"你像这些菊花一样傻,开在枝头,也枯在枝头。"

"不许羞辱我。"废世子厉声喝道,举剑刺向贞王后。

贞王后屏住一口气,胸口贴着剑尖向后飞了出去,她飞得竟然和废世子刺得一样快。他力量用完的时候,她又向后飞出一段距离,然后脚才落到两朵硕大的黄菊上面,接着又从花上落到地上。

废世子动弹不得,他的目光变得和天气一样,让人从肌肤上面生出冷凉的意味,良久,他松开手,剑落到地上。

"——你不是人?"

"我是王后!"

贞王后走近废世子,他后退了几步,她捡起地上的剑,慢慢地举起来。

废世子一动不动,闭上了眼睛,"你杀了我吧!"

剑风剑气朝废世子涌去,又旋涡似的回转过来,他睁开眼睛时,发现大片菊花被削离了枝头,花瓣如针,厚厚地铺满了地面。

"不要再让我见到你,"贞王后隔着光秃秃的花枝,对废世子说,"就算是帮我个忙,我不想再杀人了。"

贞王后来到琴馆，已经变得不中用的文宗国王头发白得像刚压出来的粉丝。他把越来越多的时间消磨在自己的新游戏上面——把一个很大的瓢倒扣在流溪里，当成鼓敲。

"您该上朝去了。"贞王后站在琴馆的门口说。

"为什么你不替我去？"文宗国王背对着她，拎起手边的酒壶喝了口酒，"我知道你对朝廷上的事情很感兴趣。"

贞王后沉默了一会儿，"刚才在菊田里，废世子想刺杀我。"

"他太蠢了。"文宗国王放下酒壶，在瓢上敲了几声响，他的手现在变成了真正的枯树枝，至少从打在瓢面的声音上听起来是这样。"你不想敲两下吗？你的节奏感一向很好。"

贞王后一动不动。

文宗国王笑了，"我忘了你的手不好使了。你的手曾经是活的，后来随着藏乐公主一起死了。"

贞王后的肩膀抖起来。

"真糟糕，你的死手将来无法批阅奏章了。那可怎么办呢？"文宗国王的手插进白头发中间挠了挠，然后对着贞王后转过一张皱皱巴巴的脸，嘻嘻笑了，"我想起来了，你不识字。你这个舞艺师的女儿连一个字也不认识。"

贞王后足足用了一朵花开放的时间，对着文宗国王笑了一下，"您是从什么时候开始，不再爱我的？"

"从你成为贞王后的那一刻。"文宗国王脸上的皱纹绷紧了，转过身又去敲瓢，"女人一旦让我生厌，最好的办法就是让她成为王后。王后，就是被国王遗忘在身后的女人。后宫里总是有无数的王后，但我眼睛里的女人通常只有一个。"

文宗国王听见身后的女人哼了一声，接着响起冷冷的话音。她的节奏感确实很好。

"大家传说的没错儿，您的确是老糊涂了。"


文宗国王死后，年幼的国王继承了王位，国王王座后面摆放着一个描绘高丽王朝三千里江山的丝绣画屏，画屏后面坐着听政的贞太后。据史书记载，贞太后在听政期间，最出格的言行有两件。一件是她为了自己的手疾杀了几百名医师，使得全国上下因病而死的人数大大增加。医师们治不好太后的手疾，他们甚至找不出病因。另一件事是贞太后对年幼国王近乎残酷的训练，国王从八岁登基开始，白天随老师研习书法，每晚还要在贞太后的口授下批写几十个奏章。他对母亲唯一说得上了解的，是她在发号施令时惯用的几十个词语。

贞太后人到中年时，改制了后宫嫔妃的官服，原本狭窄贴腕的袖口被取消，取而代之的，是一种宽长的双层袖子，这种袖子在甩摆之间，手臂的长度会奇妙地发生变化。

"到底是舞艺师的女儿呀。"两班贵族对贞太后的新官服反应微妙。

国王十八岁那年，联合几位朝廷重臣发动了政变。他亲自带领将士和兵卒杀入后宫，迎上来的宫女全都横尸刀下，他径自冲入太后寝宫。

贞太后在两位浑身颤抖的宫女服侍下，穿上最后一件外衣。

她们替她系好了衣结。

"我等这一天等很久了。"贞太后看着国王。

国王看着她，泪水涌上了眼眶。

"把眼泪咽下去！"贞太后训斥他，"让大臣们看见，他们会轻视你的。"

国王看着她，慢慢收干了泪水。

"你日后要独自咽下去的东西还有很多很多，"贞太后说，"为了今天，为了你，我曾经咽下了很多东西。"

"它们都在这儿，一刻也不曾离去。"贞太后用手在胸前拍了拍，"你不明白这是种什么滋味儿。"

国王握剑的手抖个不停。从外面杀进来的几路人马陆续涌入,他们在旁边看着国王。

"杀了她!杀了她!杀了她!"他们喊。

国王朝前走了几步。只有他听见了贞太后最后的话。

"不要难过,没有死,哪有生?!"贞太后微笑着说,"来吧!"

# 盘瑟俚[1]

请安静下来，听我为您说唱一个故事。

  我的父亲是从花阁里把我的母亲买出来的。我的母亲十八岁时，差不多全城的男人都为她的美貌和歌喉倾倒。我的父亲是贵族，年轻时他长相俊俏，风度迷人。有一天他中午进了流花酒肆，一直喝到傍晚落日西斜。隔着一条街，流花酒肆与"藏香"花阁正对着。酒客们喝着酒，谈论着我母亲

---

  [1] 盘瑟俚，又名盘索里，朝鲜族特有的一种曲艺样式。从李朝英祖时代开始，民间艺人在朝鲜唱剧中的一种表演形式，表演时艺人穿民族服装。当代仍有流传。2011年5月成为国家级非物质文化遗产。

玉纹。好几个男人说，倘若能跟玉纹春宵一夜，死了也值了。

我父亲走出流花酒肆时，天边彩霞像一场大火，映亮了远处的山谷。"藏香"灯笼一盏接一盏地亮了起来。随着灯笼亮起来，一排花牌也挂了出来。玉纹的花牌比别人的大，挂在正中心的位置上。

"我要把花牌上的女人娶回家当老婆。"我父亲对酒肆隔壁绸缎庄老板说。

"好啊！"绸缎庄老板上下打量着他，"求婚的话，总要给她置办些衣服被褥吧，我们店里新进了上好的中国丝绸。"

我父亲被他拉进了店里，不光订了几箱的衣服布料，自己也从头到脚地换上了新装。他摇着折扇，进了花阁。

"我要娶你回家。"他对玉纹说。

"全城的人都想娶我回家。"玉纹嫣然一笑。

"我是认真的。"

花阁的老鸨开了天价，他写了文书。

天亮的时候，我父亲把玉纹带出了花阁，绸缎庄老板跟在他们身后，把几箱衣服布料送进了父亲的宅邸。

全城的人都在议论我父亲，几十年没见过这样的败家子了，他败家的方法和速度屡屡让人惊奇再惊奇。

父亲有一个很大的宅院,是他的曾祖父早年买下的产业,他的祖父又扩建了将近一半。这个宅院有十几间屋子,前后两个花园。曾经,家里光是使唤的仆人也有十几个。但在我记事的过程中,屋子一间接一间地变空了,只剩下空箱子,这些空箱子成了我游戏的屋子。没有人陪我玩耍,我母亲越来越长时间地把自己关在房间里。但即使这样,也挡不住酒醉的父亲,他会踹开母亲的门,把所有能抓到手的东西朝她扔过去,倘若抓不到东西,他就自己扑到她身上去打她。我和母亲抵挡不住酒醉后的父亲,他能把我像扔东西那样扔出去好远,我母亲不让我靠近他,以及她。

我的童年伙伴是那些空屋子和空箱子。我在空屋子里游荡,累了就在空箱子里睡觉,直到饥饿把我唤醒。

有一次我从梦中醒来,发现屋子里有人。一个陌生的男人压在母亲的身上,他的喘息声让人害怕。我母亲被他摇晃冲撞,头发都散开了,像黑色的流水淌在白色的花纹席上。男人离去以后,母亲一动不动地趴在席子上,我知道她在哭。我也哭。但我做不到像她那样不发出声音。

我头上的箱子盖被打开了。母亲的脸出现在我面前,她的脸孔像朵被雨打湿的花朵。母亲用她的衣袖替我擦拭着脸上的泪水,轻声笑着对我说道:"以后不要躲在箱子里了,这可不是一个贵族小姐应该待的地方。"

"那个人是坏人,父亲也是坏人,长大以后我要杀了他们。"我对母亲说。

母亲把我带到厨房,给我做饭。

"多吃,"她给我盛了满满一碗饭,"你快点长大,离开这个家。"

父亲推门进来,看着我们,然后把目光转向母亲。他脸色阴沉,但当母亲把装了钱的小袋子扔给他以后,他笑容满面。

"本来我是可以娶一个贵族小姐的,她们也许长得不太好看,但是天黑了以后所有的女人不都是一样的吗?"父亲掂着钱,对母亲说,"为了娶你,我把家底都掏空了;后来又生了这个败家子,你们两个连累得我连酒都喝不上了。"

父亲的手指差点儿戳到我的鼻子上,母亲打开了他的手。

"滚开!"

"小心你的语气!"父亲没真生气,他拿着钱出去喝酒了。

越来越多的男人来到我家里,进到母亲的房间。父亲在外面一边喝酒,一边等着收钱。

母亲从房间里被放出来时,总是哭,但后来她变了,她笑嘻嘻的,还经常唱歌,"好比是,锄头好,刃儿薄,怎无奈，割稻麦，仍需用镰刀。哥哥见爱，百般呵护，千般好。缺金少银，妈妈不让，上花轿。"

一天晚上母亲来到我房间。她抱住了我。她可真瘦啊，我能感觉到她身上的骨头，但我仍旧觉得特别幸福。

"妈妈你能每天都这么抱着我吗？"我问。

"对不起！"她哭了，把我用力地抱紧，"太姜，你要快点儿长大啊！"

第二天我醒来以后，看见花园里搭起个木床，母亲白衣白裙，躺在上面，几个女人用整匹的白布把她包裹起来。

"本来这个宅院能卖上一个好价钱的，这下子完了。"父亲坐在木廊台上，手里握着个酒壶，隔着一段距离，他指着母亲大声骂道，"你这个丧门星，我这一生的好运气全都被你这个贱人给毁掉了。"

父亲扬手把酒壶朝母亲扔过去，酒壶打在一个帮忙办丧事的女人身上，她发出了尖叫声。

"你这个恶魔，酒鬼！"而另外一个老女人，扭头瞪着父亲，"你就等着她死了变成鬼来抓你吧。"


母亲并没有变成鬼来抓走父亲。

家里再也没什么可变卖的了。父亲开始卖房子，一间一间地卖，一些人搬了进来，然后是更多人搬了进来。他们的生活过得很热闹。他们算计着父亲能撑到什么时候卖下一间房，这总能让他们开怀大笑。他们的老婆们对我很好，她们做饭的时候总会给我留一碗。今天这家明天那家。我想我没什么可抱怨的。

所有的宅院都卖光了，我和父亲搬到了以前家里最低级的仆人住的两间草屋。搬家那天父亲坐在木廊台上大声号啕，说自己被骗了，一次又一次，连祖业都失去了。

草屋很冷，家里没有钱买柴草烧炕。

两条街以外的绣坊招人，我去学绣花。我喜欢死那个明亮的女人们挤在一起飞针走线的房间了。

绣坊老板的母亲是一个瘦小干枯的老太太。她曾经是名噪一时的盘瑟俚艺人，但现在她老了，身体萎缩得和我差不多大，脸上皱纹多得像个核桃，但目光雪亮。心情好的时候，她会给我们说唱一段盘瑟俚，都是一些让人着迷的故事，更让我着迷的是她这个人。这个干瘪的老太太，当她变成盘瑟俚艺人的时候，她可以成为任何人，而她的声音，我的天，她的声音里面仿佛长了很多手，有时候抚摸着我们，有时候又会扼紧我们的喉咙，有时候还能变成观音身上的手。

"过来！"我第一天去的时候，她对我招手，"孩子。"

我走过去。

"你是谁?"

"我叫太姜。"

"那个酒鬼的女儿?"

我没吭声。

"你的母亲是玉纹。"她叹了口气,"我还记得你母亲年轻时的模样儿,美得让人说不出话来,她还有一副比百灵鸟还要动听的嗓子——"

"她死了。"我打断她,我不想听她谈我母亲,我不想在绣坊哭。

"是的,她死了,她走错了地儿,相信了男人。"

"你长得很像她,"老太太用温暖的目光抚摸着我的脸,"你还有一副金子般的嗓音。"

从来没有人夸我的声音好听。母亲活着的时候,从来不教我唱歌。她说那是一切不幸的源头。

在绣坊里日子过得很快。我从练习,跑腿儿,开始绣一些枝枝叶叶,再后来,花朵部分由我来绣,接着,蝴蝶和鸟儿也归我了。我的绣品让女人们惊叹不已,她们说我绣的花好像能发出香气,我绣的鸟好像能开口唱歌。

绣坊的老板说,太姜是个天生的绣工。但她的母亲不这么看,她说我是个天生的盘瑟俚艺人。她们俩说着说着,有时会吵起来,有时她们还会一起把头转向我,"你自己觉得呢?"

我说我想一辈子做绣工。

"我说什么来着。"绣坊的老板笑逐颜开。

"生活的路长着呢,"老太太说,"走着瞧。"

我十六岁那年夏天,有一天夜里,一个男人上了我的床,侮辱了我。天亮以后,我的父亲对我说:"你就当是做了一场梦。"他收了那个人的钱,买了很多酒,他和我说话时,手里还握着酒壶。

我想起我母亲,想到她伏在地板上无声地流泪,她流干了她的泪,也流干了我的。

我去河里洗澡,有些东西能洗干净,有些东西洗不干净。

"做早饭吧!"回家的时候,父亲冲我大喊,"我要饿死了!"

我做了早饭,像往常一样去了绣坊。

"太姜,"差不多所有的女人都问我同样的问题,"发生了什么事?你的脸色白得像雪。"

"昨天夜里,母亲来看我了。"

绣坊里瞬间安静了。

"你做梦了?"

"不是,是真的来看我。"

"那——就是见鬼了?"

"母亲像活着时一样漂亮,身后带着一对翅膀。"

"鬼还长翅膀?"

"长着翅膀的鬼?"

"我也是第一次见到,"我不知道我怎么会那么说,这些话就像自己出现在我的舌头上,自己飞出了我的嘴唇,"我听母亲说,每个死去的人都在努力长翅膀,只有长出完整的翅膀,她们才能在某个孕妇生产时,飞进新生儿的身体里,托生回到人世间。"

"说的也是啊!"女人们感慨着,"怪不得祭祀和上坟的时候,一定要有整鸡呢!鸡就是带着翅膀的。"

老太太坐在角落里,我们的目光相遇了,她的笑容沿着满脸的皱褶,四处流淌。

父亲的酒喝完以后,又有男人来到我的床上。事情周而复始。我不认识这些男人,这些在我身体里旅行的人,我一个也不认识。我只知道他们总是随着黑夜到来,又随着黑夜离去,他们的面目像黑夜一样模糊不清。

十八岁，我出嫁了。

娶我的是一家酒铺的少主人。他来绣坊替他母亲取东西，看见了我。他眼睛发亮的样子惹来女人们的笑声。

他的家里不同意他娶我，他也一度想放弃。但后来他又回来找我，还去见了我父亲。我父亲对这门亲事满意极了，他们家是开酒铺的，我未来的丈夫答应他，不但可以替他还掉欠的酒账，以后他想喝多少酒都行。

我父亲点头哈腰的，差点儿跪倒在未来女婿面前。

我的嫁妆是我自己在过去两年里慢慢攒起来的，其他的绣工们也都送了我礼物。装上马车时，居然也有几分体面。

我的父亲坐在门槛上，笑嘻嘻地冲我摆手。

"你交好运了！"他说。

我丈夫虽然开酒铺，却不喝酒，他在新婚之夜发现自己的新娘早就被别人捷足先登了。他在暴怒中把我踢下了床。

"你早就应该想到，"闻声而来的婆婆对他说，"她那个酒鬼父亲一直在喝什么东西！"

"我不能要你这样的女人，"我丈夫说，"我会被人戳一辈子脊梁骨的。"

第二天早晨，父亲被酒铺的伙计叫到酒铺里，他们让他把我带回去。

"我没吃饭呢。"我父亲看到满屋子的酒，想赖着不走。

"滚蛋!"他被我丈夫提着衣领扔到了大街上。

他们把嫁妆,还有我,也扔到了大街上。

婆婆找了一辆由一匹癞皮马拉的破马车,我和我父亲坐在马车上回家。

我的事情一夜之间就传开了,路上很多人围着我们。他们说没见过这样的父亲和女儿。

"没有廉耻啊!"

人们说着话,手指头有时候会点到我们脸上。

"你为什么不钻进嫁妆里面躲一躲?"父亲转头对我说,"你把我的老脸全都丢尽了。"

我望着他,微微笑。

"你还有脸笑?!"

"你们都看见了吧?"父亲扭头对围观的人说,"她竟然还在笑!天啊,她和她的母亲一样,是从来就不知羞耻的贱货。我上辈子做了什么啊,遭到这样的报应!"

到了家门口,他把我扔下去,跟着马车走了。在集市上,他用我精心准备了两年的嫁妆换回来的烧酒,装满了我们家里最大的缸。

这件事情让他找回了好心情,他喜滋滋地打量着我说:"早知道你的手艺能换酒喝,我就不把你嫁人了。"

我抓起一只昨天办喜事用的活公鸡,扔到了酒缸里。

公鸡在酒缸里扑腾,把酒溅得四处都是。

"天啊天啊,"父亲大呼小叫,"我的命啊——"

他爬到了酒缸上面,伸手去抓那只公鸡。我几乎没怎么用力,就把他推进了酒缸里。他很痛快地喝了几大口酒,然后把头伸了出来。但我立刻就把他的头又摁了进去。他试图又伸出头来,我又摁进去。这个过程比我想象中用的时间要长出很多。好在结果和我预想的是一样的,我的父亲坐在酒中,他留在人间最后的表情中显示出了某种疑惑。

我被官兵抓起来了,罪名是谋害了一个贵族的生命。几年来,大家在提到我父亲时,多是"酒鬼""酒疯子""败家子""把脸皮都喝光的男人",现在他一死,这些称呼都不见了,他又成了一个"贵族"。

我在监牢里被关了几天,没有什么好审问的,是我杀了他。我唯一后悔的是,这件事情我做得太晚了。

我在监牢里梦见了妈妈。她变成了另外一个我,只是她穿得更好更贵重。我很想在她的怀里躺一躺,但我怕弄脏了她的衣服。

为了处罚我,公审我的那一天,全城的人都拥到了谷场的空地上。一些卖零嘴的商贩天没亮就占好了位置。大家像过节一样来看公审。

四个官兵押送着我,就好像我有多么危险似的。他们表情严肃,佩着刀。当人们的目光涌入我们这边时,他们越发地神气活现了。

我在人群里看到一些熟悉的面孔,小时候的邻居们,绣坊里的女人们,还有我只嫁过去一天的婆家里的人。

"你知罪吗?"府使大人问我。

"您指什么?"

"你还问我?!"府使大人说,"我得提醒你,谋害贵族,按律当斩。"

"那就斩吧,"我回答他,"我早就想死了。"

府使大人被我说愣了。

人群中发生了一阵骚动,绣坊老板的母亲,那个老盘瑟俚艺人,穿戴整齐地坐在一个门板类的东西上面,几个男人扛着她,穿过人群,朝这边走来。她的手里拿着一把折扇,身边放着一面圆鼓。

"你是谁?"府使大人问。

"我是盘瑟俚艺人玉花。"老太太说。她的声音听起来并不高,但她的话,让全谷场的人都听得清清楚楚的。

人群中海潮般的说话声慢慢地平静下来。

"当年,我在王宫里给成祖先王演唱盘瑟俚,"玉花从怀里掏出一块金牌,"成祖先王赐给我了这个。"

"拿先王来吓唬我?"府使大人冷笑一声。但是官兵把金牌送到他手里时,他翻来覆去很仔细地看了半天,然后才问玉花,"你想干什么?"

"请您允许我在这里说唱一曲盘瑟俚。"

"这里正在审讯犯人!"府使大人说,"要唱盘瑟俚你去酒肆花阁里唱吧——"

"要是你还能唱得出来的话。"府使大人打量了一下玉花。

"我就想在这里唱!"玉花说,"然后,请您再定太姜的罪。"

"跟她有关系?"府使大人看看我,又看看玉花,"她的罪行一目了然,她自己也承认了,你即使有先王的金牌,也救不了杀人犯。"

"我没想救她,"玉花说,"我给您看金牌,就是想计您给个薄面,让我在这里演唱一曲盘瑟俚。"

"——那好吧,"府使大人说,"姑且听听。"

玉花施过礼,道过谢,演唱了一曲盘瑟俚。

我不知道她说唱的是谁的故事,她且唱且说,借用折扇的遮挡,一会儿变成个小姑娘,一会儿变成酒鬼,一会儿变成少女,一会儿变成恶魔。我的眼泪像春天的雨,下起来就没个完。全谷场的人都被玉花说哭了,连冷冰冰的府使大人也用袖子遮住了脸孔。等到玉花说唱完毕,最后打了几声鼓,哗啦一下收拢了折扇。谷场安静了一会儿,然后有个人喊了起来,"放了太姜,放了这个可怜的姑娘!"

这一声喊过之后,场面一下子就乱了,人们瞪大了眼睛,挥舞着拳头,冲府使大人叫喊:

"放了太姜!放了这个姑娘!"

这些人变成了暴风中的海浪,一波又一波地朝着府使大人的方向冲过去,公差们把手里的佩刀举起来也不能阻止他们。更何况他们也未必真心想阻止。我想府使大人最后不施罪于我,一方面是受了玉花的感动,另一方面是被这些人惊吓得不轻。


是的,就像你们想象的那样,我成了一名盘瑟俚艺人。我既是一名说故事的人,同时也是故事里的一个人。

# 一

# 伎

南原府人在提到我时,总是叫我"香夫人家里的春香小姐"。

我的母亲香夫人,从事古老的职业,靠出卖自己维持生活。这是一个引人注目的职业,有风险,也有意料之外的收获。

在香榭的门外,时常停着一些豪华气派的马车,它们由黄铜打造而成,从车顶上垂下金色的流苏。车内的人都是为香夫人来的,和我无关。我今年十八岁了,还从来没有过男人。

去年的端午节,我第一次在南原府抛头露面。我穿着颜色朴素的衣裙,戴着一顶用白纱网罩住脸孔的帽子。我尽量不动声色,可是,由于常年用鲜花之水洗浴,我的身上无风自香，蜂蝶环绕在我的身边，看上去形迹可疑。陪在我身边的，是我的侍女香单。她的清秀引起了好多男人的注视。香单因此有点得意，她劝我去荡秋千。

我坐在秋千上面荡，香单在秋千下面推，秋千越荡越高，蜂蝶从我的身边落荒而逃。我在飞翔之中，看到北面山脚下耸立的"长承"，它们是一对夸张变形的男女塑像，木头上面涂着鲜艳的颜色。据说年轻人把写了爱人名字的布条系在上面，就能得到爱情。我越飞越高，看见了越来越多的建筑和林地，它们隐藏在它们存在的地方。香榭里的仆人们经常转述客人们的谈话，他们讲的故事，吹的牛，看到这些地方，我开始相信客人们说的也许是真的。

我开始感到眩晕，但香单并没有停下来的意思。最后我的脚尖踢到了标志着秋千最高点的铜铃铛。下面的人群发出欢呼声，传到我的耳边时，早已被风扯得破碎不堪。让我心惊的不只是秋千所荡的高度，还有侍女香单试图谋杀我的意图。十年前她被买回香榭时，难看得要命，但是现在，香单认定了如果没有了我，她就会成为本城最美的女子。结束这次冒险的是我头上的帽子，风把它从我的头上摘走，它从空中打着转儿，仿佛在一个旋涡里飞，落到香单的脚前，香单这才停止了推秋千。

秋千荡了半天才逐渐慢了下来，当我的脚终于又能踩回到地面，我的腿已经无法支撑我的身体站起来了。我在秋千上坐着，等待力气重新回到腿上。秋千四周围满了人，他们瞪大了眼睛看我，他们的目光有的像手，轻轻在我的脸庞上抚摸，有的像舌头，在我脸上舔来舔去。

"你是谁啊？""她是谁啊？"他们对我好像非常好奇。香单把帽子捡回来，想要扣到我的头上。我推开了她，帽子的边沿被泥弄脏了，我不想让它再戴回到我的头上。等我的腿能迈出步子的时候，我从人群中无法再窄的小路中挤了出去，在我的身后，人们七嘴八舌地议论着，"她是香夫人家里的春香小姐！"


我的母亲曾经是南原府最美的女子。十七岁时她委身于当时的南原府使大人，并且有了身孕。如果她生了男孩，或许有可能成为府使大人的偏室（虽然庶子也未必有什么好前途），但她生下的是我。我成了最充分的理由，我的母亲别说嫁入府使大人家了，连府使大人也被大夫人禁足，谁让他没本事，要靠着岳父大人的福荫才能保住在官场的地位呢。

我母亲没有委屈自己，随便找个村夫走卒嫁掉。既然爱情如春雪，倒也不必执着。她重新打造了自己的人生，用玫瑰做藩篱，把家打造成了南原府最香艳的住所，而她自己也因此变成了香夫人。她的美貌变成了传奇,先是南原府,再蔓延到全国。高官、贵族、富豪纷纷慕名而来,香夫人从来没让人失望过。曾经的南原府使大人早已调任回到汉城府,他在同僚宴会上说自己是香夫人的第一个男人,座中好几个男人讥讽他,香夫人自己可不是这么说的。南原府使大人试图解释,但说得越多招来的嘲笑也越多。他不明白这个被他抛弃的女子怎么就成了精了,他又提到我,说我是他的骨肉。这更让人笑掉了大牙。妓女的孩子到底是谁的骨肉,这事儿就如同去稻草堆里面找根针。

当我还是个小女孩的时候,香夫人的作息时间就颠倒黑白了。不到掌灯的时候,她是不会从床上起身的,她的皮肤像绸缎一般光滑,面孔像月光一样皎洁。曾经有一些夜晚,我站在花园里,隔着花篱围偷看她。香夫人穿着白色的衣裙,头发在脑后绾成发髻,除了一根银钗外,没有别的饰物。但那根银钗上面,镶了颗拇指盖儿那么大的明珠。那是一个异国商人送给她的礼物,那个商人夸口说,这颗明珠可以把南原府买下来。她的身边有时有男人,有时候则是歌伎舞伎,或者琴师。香夫人的夜晚生活很忙碌。她好像很难找出时间来后院看看我。当然我们会偶尔在一起吃早餐或者晚餐,她微笑着看着我,倘若她能用手拍拍我的头,那一天就是我的节日了。

今年春天，鞋匠崔恩被叫到香榭，他是个俊俏的小伙子，还很害羞。我对他一见钟情。但他几乎没有正眼看过我。量脚的时候，他用手掌托住了我的脚底，我们肌肤相亲，崔恩的手掌和我的脚底一样长短。我一直望着他，希望他能抬头看我一眼，一眼我就能让他看出我的心思。可崔恩没有抬头，他把我的脚又放回到我的鞋里。

走出他的房间时，我在灿烂的阳光中，心情凄凉。香单坐到了我刚刚坐过的椅子上，她把脚伸进了崔恩的怀里。夜里，她去了崔恩的房里。

我睡不着觉，胃里空洞洞的，我去厨房里找东西吃，一碗冷面，一碟打糕，一盘海苔包饭，一碟醋渍生鱼片，几块申皮饼——

我吐了。我的胃很疼，连带着，我的心也疼起来了。

第二天早上，香单容光焕发地来我房间，她边打扫房间，边给我讲崔恩的事情，最后她用轻蔑的口气说："我并未把这件事情当真，崔恩不过是一个下贱的手艺人。"

我摔碎了平日喝茶用的一只瓷碗，香单收拾瓷碗的碎片时，扎伤了手，血从她的指头上流出来，一颗颗的小红豆。

端午节那天，我遇到李梦龙。我穿着一双新鞋，崔恩挑的软木鞋底非常舒服，他垫高了鞋跟，两侧精雕细刻了一串木槿花，城里最好的绣工在这个鞋底上面用粉色丝缎做了鞋，鞋面上绣的是白色和粉色交织在一起的木槿花。

我和香单走在路上，香单很不高兴。崔恩也给她做了鞋底，但材料和手工都差太多了。这还不说，她的新鞋要靠自己做，根本来不及。这次出门，她只能穿着她的旧鞋。她偶尔瞟到我脚上的新鞋时，眼睛里面快要冒出火星来。

我和香单走到一所旧庙旁边，身后传来了马蹄声响。香单拉着我躲进路边的一个旧寺院，匆忙之间，我的一只鞋落在了官道上。

这只鞋拦住了马和骑马的人。几个时辰后我知道他叫李梦龙。他先是让马围着我的鞋转了两圈，然后从马上翻身下来。他把我的鞋拿在手里，翻来覆去，爱不释手，他抬头朝旧寺院的方向看来，一手拿鞋，用鞋敲打着自己另一只手的手心。

我很惊奇，他对鞋上的灰尘毫不介意。

"请问这是哪位小姐掉的鞋呀？"李梦龙看着旧庙，他戴着黑笠，帽檐遮挡住他的眼睛，却无法遮住他冰雪般的脸庞。

我把香单打发了出去，让她取回我的鞋。

香单半侧着身子从寺院里走出去，一手抚在胸口，一手朝李梦龙伸过去。

李梦龙盯着香单的脸，忽然弯下腰，用那只鞋撩起了她的裙子。

香单尖叫一声，双脚跳起来，两手去压自己的裙子。

"你的鞋明明在你脚上，还想来骗这只鞋，"李梦龙冲她哼了一声，朝我这边看，扬声喊道，"让你的小姐自己出来取鞋。"

李梦龙掀裙子的动作把我逗笑了。我从寺院里走了出去。

李梦龙看着我，我走到他近前时，看到黑笠下面，一双细长的眼睛，以及漂亮高挺的鼻子。他只顾看着我，身体一动不动，我轻而易举地从他的手里把鞋抽了出来，套到了脚上。

"您刚才这么走出来，实在是太不端庄了！"回香榭的路上，香单对着我嘟囔起没完。

"闭嘴！"


李梦龙在当天夜里来到香榭，仆人会错了意，把他领进了香夫人的房间。

香夫人隔着屏风跟他聊了几句,她叫来香单,让香单把李梦龙带到我的房间里来。

"你是香夫人的女儿!"

这时我也已经知道,他是现任南原府使大人家的公子。

"母亲年轻的时候,喜欢过一位南原府使大人。"

"是啊,真是机缘巧合。"

李梦龙在我的房间走来走去,敲敲插着百合花的秘色瓷瓶,摸摸我的衣柜上牛角薄片做的画角,见到被橱上纯金的铰链时,他的眼睛亮晶晶的。

"我早就想来香榭看看了——"他感慨地说,"我听很多人说过香榭,提起香夫人,男人们说,没来过香榭,这辈子白活了,来过香榭,死了也值了。"

"嗯,"我听过的话可不止这些,"众说纷纭。"

"但我从未听人提起过你。"他打量了一下我的发辫,"香榭的玫瑰里面,居然藏着一朵莲花。"

李梦龙朝我靠拢过来,他要亲吻我的时候,我拿出佩刀,顶在了他的心口上。

"别装了,"他笑着说,"明明你也喜欢我。"

"没你想的那么喜欢。"

"香夫人让我写纸婚书。"他四下打量,"有纸和笔墨吗?"

笔墨纸砚备好后,我改主意了。我坐在他面前,把我的裙子抖落开来,"写在这上面!"

李梦龙笑了,"婚书可不是儿戏!"

"对啊,"我说,"写在这上面,比写在纸上可把握多了。"


李梦龙把我变成了真正的女人,那一刻,我的脑海里飘满了香夫人的身影。我为自己终于走上了和香夫人同样的路而激动不已。在丢失了爱情的岁月中,我们不做一个男人家里的女人,而是成了许多男人梦里的女人。

李梦龙从端午节的夜里开始,在香榭里住了一个多月。然后,一封书信送到了香榭。他们全家都要回汉城府了,李梦龙要走在所有人的前面,提前过去,准备参加科考。

"虽说是人不风流枉少年,但也不能因为风流误了正事。"李梦龙的父亲在信上教导儿子。他大概没想到他的儿子会把信给我看,所以信上还有另外一句话,"听说香夫人家里的春香小姐是个绝代佳人,如果传言属实,你小子的艳福倒是不浅。"

李梦龙得意忘形:"一个男人能被自己的父亲嫉妒,世上还有比这更让人感到荣耀的事情吗?"

"你还会回来吗?"我问他。

"当然。"他立刻回答。要我说,他回答得太快了些。

"——你会等我回来吗?"过了片刻,他问我。

"当然。"我回答。我也回答得太快了些。

李梦龙走的那天艳阳高照,碧空万里。我把发髻绾得整整齐齐,用一根金钗别住。这根金钗很重,是香夫人送我的礼物。

"女人身上戴的东西,"香夫人说,"不一定要好看,一定要有用。"

从收拾行李开始,李梦龙变得犹犹豫豫的,他在香榭后面的木廊台上走来走去。我经过他身边时,他拉住我的手。

"春香——"

我看着他,他的嘴里显然有万语千言。

"春香。"但最终,他只叹息着说了这两个字。

送走我的第一个男人。李梦龙是我一直向往过的某种生活的大门,穿过这道门,我的幸福就初露端倪了。

我送李梦龙出门。"春香,我会在最短的时间里回来的。"他反反复复地对我说这句话。

我得说李梦龙的话是真诚的,但他一转身就会忘了我也是真的。

经过前院时,香夫人的侍女在等我们。她说香夫人有话说,把我和李梦龙带进了香夫人的房间。

房间光线柔和,香夫人穿了一身浅灰色的衣裙,肤白如玉,眼珠如两颗黑珍珠。李梦龙看着她,一时间有些失态。

"你是我的女婿,"香夫人问李梦龙,"没错吧?"

"那是——"李梦龙愣了愣,回答,"当然。"

"好!"香夫人微微一笑,"那春香就等着你金榜题名后,带着轿子来迎亲。"

李梦龙愣怔了一下,对香夫人鞠了一躬。

"你可以告诉你的父母,"香夫人说,"春香的嫁妆,连公主都未必比得上。"

李梦龙一揖到地,行过大礼后,我陪他走到门口,看着他骑上马。

"春香——"

我冲他摆摆手。

回来的时候,我看见香夫人站在木廊台上,目送着李梦龙。"我不会嫁给他的。"我对香夫人说。

"女人总是要嫁人的。"

"您不也是女人嘛。"

我整理了一下衣裙,对着香夫人深鞠一躬,"我很感激您养育了我这么多年,从今天开始,请您休息吧,我要用您养育我的方式,来养育您。"

"想取代我？"香夫人转过身来，眼里波光荡漾，似笑非笑，"你还差得远呢。"

"我已经是个真正的女人了。"

"你只不过有过一个男人。"香夫人轻蔑地说，"你懂什么叫女人？还真正的？！"

我以为送走了李梦龙，就推开了幸福生活的大门，但现在，香夫人充当起了门卫。

"可是，我想尝试新生活。"

"这个嘛，我倒并不反对。"香夫人拂袖而去，把我独自晾在白花花的太阳底下。

我等待着新的男人走进我的生活，可直到两个月以后，才有人找上门来。

他是刚刚到本地就任的南原府使大人。

府使大人卞学道初次拜访时，官服整齐态度谦恭，自我介绍说他是慕名而来的。他相貌一般，表情阴沉，年纪也有一大把，胡子里面已经有白的了。

他先见了香夫人，跟她提出，要见见我。

"春香并不是风尘女子。"香夫人拒绝了，"她有婚约在身，除了丈夫，不能见其他男人。"

"在这种地方长大的，盘了头的女人，还有不风尘的吗？"

"有，"香夫人说，"春香就是。"

"我要做的事情，"卞学道大人说，"不达目的绝不罢休。"

"您在外面自然可以随心所欲。"

"香榭还是什么禁地？"

"春香的心和身，都被李梦龙公子囚禁了。"

"那我们走着瞧。"卞学道大人派来十二名官兵，围住了香榭，"蝴蝶蜜蜂金丝雀，只管飞走，两条腿的人，插翅也别想飞出去。"

"我并没有为李梦龙守身如玉的念头。"吃过晚饭，我和香夫人单独在房间里时，我说。

"难道你要嫁给卞大人？"

"那倒也不是。"我说，"他把我们围住了，你打算怎么办？"

"围住了才好呢。"香夫人笑了。


其实我也压根儿没把卞大人软禁我们的事情放在心上，原本我也是大门不出二门不迈的。香榭被十二个官兵围起来，里面的人出不去，外面的人就纷纷涌上门来。卖菜卖米的，一大早就涌到门口；中午来的是卖衣服鞋子首饰的，他们走后,是卖脂粉香烛的;最后一拨,是卖酒的。

十二个官兵经常在商贩们身上揩油。没结婚的年轻人把揩来的东西送给香单。

香单是所有官兵们的女王,他们都争着讨好她。

除了商贩们以外,还有一些书生和艺人上门,他们经常在香夫人的房间里一待几个时辰。再后来,一个名叫《春香》的故事从南原府流传开来。说的是,美貌的女子春香与潇洒的公子李梦龙的爱情故事,他们两情相悦,情比金坚。

> 锦绣烟花依旧色,
> 绫罗芳草至今春。
> 仙郎去后无消息,
> 一曲关西泪满巾。

香夫人家里的春香小姐,身陷囹圄,日日以泪洗面,等待着公子李梦龙的归来。她的执着和深情感天动地,荡气回肠。

故事口口相传,传到了京城。

李梦龙文榜高中,官拜暗行御使。他和另外一家亲王府的小姐定了亲,小姐听到了我的故事,哭成了泪人儿。

"我们结婚以后,"小姐对李梦龙说,"你可以把春香也娶进门来。"

没过两天,她反悔了,"你不可以把春香娶进门来。"

"太多人知道这个故事了,"又过了两天,她取消了婚约,"如果我们结婚,他们会议论我一辈子的。"

新任暗行御使大人李梦龙表示理解。

亲王府小姐长着一张银盆大脸,在两班贵族子弟中,豪放的名声明月高悬。他正愁没有解脱的办法呢。

李梦龙的父母也听说了我们的故事,他们把儿子叫来,"真的假的?"

"好像是——"李梦龙想来想去,"我也糊涂了。"

"你不能娶这样的女人,"李梦龙的母亲说,"有辱门楣。"

"她嫁妆丰厚也不行吗?"李梦龙问。

"我也听说香夫人藏富于暗。"李梦龙的父亲说,"娶回来做个小妾也不是不可以。"

"这怎么可以?"

"连主上都知道了他的风流事,"李梦龙父亲对夫人说,"这么痴情,主上也说可以娶回家来。"

"会成为笑话的。"李梦龙的母亲叫喊。


李梦龙扮成乞丐回到香榭。

香单奔跑到我房间,让我快去香夫人房间。我去了,发现李梦龙在。香夫人刚刚给他泡好了今年的新茶。

"我想吃肉,"李梦龙说,"我饿了好几天了。"

香夫人让香单去厨房传话,做一桌菜。

李梦龙像盘瑟俚艺人一样给我们讲起故事来,他如何先行一步去了汉城府,父母随后才到。他一心想着我,无心科举,以致落第。屋漏偏逢连夜雨,父亲朝堂上直言不讳,惹恼主上,父母被收监,家产被抄没,他也从翩翩少年书生,变成了流浪乞丐。本来没脸回来见面,但觉得还是来面见一下,诉说清楚,以后也可以让春香有个好归宿。听说现任的南原府使大人就对春香小姐情有独钟,春香小姐可以把李梦龙放下,择高枝而栖身。

李梦龙讲到最后,眼泛泪光。

我和香夫人彼此对视,强忍住笑,李梦龙的脸细皮嫩肉,指甲缝里干干净净,乞丐服下面的内衣渗出淡淡的香气。看他最后眼泪都出来了,我怕笑出声,用袖子挡住了脸。

"春香,你竟然这样难过——"李梦龙看着我。

"世事难料呀。"香夫人感慨着说,她在李梦龙的身后狠狠地瞪了我一眼。

我正襟危坐,轻声细语地对李梦龙说:"春香不图荣华富贵,生是李梦龙的人,死是李梦龙的鬼。"

"香榭岂是嫌贫爱富的地方？"香夫人说，"情义无价。"

仆人们把餐桌端进来。

"都吃光，不要剩！"我把餐桌推到李梦龙的面前。

李梦龙吃了一半就吃不进去了。

"只怕是这段时间胃口小了——"他解释说。

他离开香榭时，是从正门走出去的，卞大人布置的官兵们抓获了他，他被五花大绑地带到了府使的官邸。

卞大人郁郁寡欢，正喝着闷酒，他问李梦龙姓甚名谁。

李梦龙说："我就是被春香小姐爱上的李梦龙。"

府使大人瞪大眼睛打量李梦龙，"春香怎么会看上一个乞丐？"

李梦龙说："我也想知道。"

"她宁可嫁你这个乞丐也不嫁我？！"卞大人勃然大怒，"她是故意羞辱我吗？！"

他喝叫站立在旁边的官兵，把李梦龙的脸打肿、腿打折，扔回香榭，看两个女人再说些什么。

李梦龙很识时务地主动暴露了自己的真实身份，他拿出随身佩带的官印给府使大人过目。

"我就说嘛，没有无缘无故的爱情，"卞大人看过之后，点了点头，"你是暗行御使大人，又青春年少，难怪春香看上了你。"他把自己的位子让给李梦龙，靠边站着去了。

李梦龙坐到椅子上，吩咐官兵先把卞大人的脸和屁股打肿，然后让他一边儿候着。

"你认为女人的爱情是可靠的吗？"李梦龙问卞大人。

卞大人从嘴里吐出两颗被打掉的牙齿。

我和李梦龙的结婚大典耗资巨大，排场直追王室，是李朝最著名的婚典之一。离家上轿的时候，在花团锦簇之中，香夫人笑容妩媚，而我的心里异常凄凉。我知道，作为当朝贞洁烈女的模范，我永远地失去了过香夫人那种生活的机会。

# 城春草木深

金意安来到白梨宫,已经有两个宫女站在门口等候着了。她们低眉垂眼,朝着他鞠了一躬,然后转身走上石板甬路。金意安在后面,低头打量宫女的裙子像倒扣的花苞拂过石板。

他们穿过一个庭院,走上几级台阶,沿着木廊台又走了一段路,在一间房门前停下了脚步。门前站着另外两个宫女,见他们过去,其中一个朝着门里面通报了一声:"礼宾侍尹大人到了!"

宫女们把拉门拉开,躬身指路,"公主正等着呢。"

金意安迈步走了进去。房间很宽敞,迎面是一个大的屏风拉门,金色底,上面绣着一棵玉兰树,月亮是蓝色的,绣了个银边。他走进去时,两个宫女把拉门替他拉开。他走进去后又合上。房间里面光线明亮,一个少女坐在桌前,她的面前挡着一块轻纱小屏风,身边坐着一个满脸皱纹的宫女嬷嬷。

宫女嬷嬷跪坐着,朝着金意安的方向转过身来,低头,鞠躬。金意安冲她点点头,在桌前盘腿坐下。

"我是新来的礼宾侍尹。"金意安发现自己声音干涩,仿佛被烟呛了。

少女扬手把面前的小屏风拨拉到花纹席上,小屏风倒扣着栽倒,宫女嬷嬷叫了一声:"春美公主——"

春美公主不理宫女嬷嬷,她年纪轻轻,脸如新月,头发乌黑油亮,梳得一丝不乱,头顶绾带上面,一个珍珠缀成的蝴蝶振翅欲舞。

她和王太子是王后亲生的骨肉。宫里六个公主,数她最任性,没规矩。据说前任的礼宾侍尹大人就是被她折腾得苦不堪言,才辞官不做告老还乡的。金意安没有参加科考却由王太子跟国王殿下举荐,让他填补了礼宾侍尹大人的空缺,是官场中最近发生的一件大事。

"你就是金意麟的兄弟?"春美公主问道。

"——是。"

宫女嬷嬷把小屏风捡起来,摆在春美公主身前,把他们的视线切断。

春美公主扬手又把屏风拂掉,不过这一次,宫女嬷嬷很有先见之明地摁住了屏风。

春美公主的声音从屏风后面冲着宫女嬷嬷,"你也累了,找个清静的地方睡一会儿吧。"

"春美公主——"

"你怕我和礼宾侍尹大人做出什么出格的事儿来吗?"

"春美公主!"宫女嬷嬷脸板了起来。

"他是来教我下棋的,挡着这么个东西怎么下?"春美公主不耐烦地说,"你下去吧。"

宫女嬷嬷犹豫了一下,"王后要是知道了——"

"谁敢嚼舌头,撕烂她的嘴!"

宫女嬷嬷还在磨蹭,春美公主抄起桌子上的一罐棋子,举过了屏风的高度,"你信不信——"

宫女嬷嬷后退了两步,跟金意安鞠了一躬,退出去了。

春美公主没有立刻把屏风拿掉,宫女嬷嬷出门后,把拉门替他们拉上,她才慢慢地抽掉屏风。

"刚才说到哪儿了?"春美公主问了一句,"想起来了,你就是金意麟的兄弟?"

"是。"金意安点点头。

"你们长得像吗?"

"——不像。"金意安说,"兄长高大威武,潇洒神勇。我望尘莫及。"

"我想也是。你对自己怎么评价？"

金意安看了春美公主一眼。

"凡夫俗子。"金意安说。把桌子上的棋盘摆正，准备教她下棋。

"我兄长迷上你兄长了。意麟君长意麟君短，书本里面学来的好词都安到你兄长头上了，把他夸成了佛，夸上了天。"春美公主不待金意安开口讲解，顺手拈起一枚白子放到棋盘上面，自顾自地说话，"听说你兄长为人清高傲慢，被很多女人倾慕。他是因为被女人倾慕才变得傲慢呢，还是因为傲慢才被女人倾慕呢？"

"我不太清楚——"金意安一时不知道说些什么，拈起一粒黑子放到棋盘上面。

"都说他是汉城府第一美男子，就连太子妃也对你兄长情有独钟。"春美公主又放下一粒白子，"你见过太子妃吗？"

金意安摇摇头，也跟着放了一粒黑子。

"大家都说太子妃是世间最美的女子，连母后年轻时候的风华都不能及其二三。王太子哥哥从来不正眼看女人的，初见太子妃时也忍不住感慨，说想不到世间竟有如此绝色。虽然他如此赞美太子妃，但却并未对太子妃有什么格外的恩宠和关照。"

"这和我兄长又有什么关系呢?"金意安没问,他想,反正春美公主自己要讲的。

"自从太子妃见到你兄长,行为举止就一天天地奇怪起来了,"春美公主顿了顿,"据说当着宫女的面,这个一说话就脸红的王太子妃,有一天还顶撞了王太子呢,也不知道是谁在背后撑了她的腰——"

金意安咳了咳,刚要转换话题,给她讲棋道。

"我兄长对你兄长言听计从,你兄长无论讲了什么话,在他看来都是口吐莲花——"她顿了顿,"所以你才能成为礼宾侍尹大人的嘛。"

金意安垂下眼皮,打量着棋盘。

春美公主把一粒白子"啪"地摁在金意安的面前,"不是吗?"

"除了礼部的任命,我并不知道其他的事情。"金意安在白子边上放了一粒黑子。

"你当然不知道了。"春美公主放棋子的速度很快,比金意安下得还要快,"人越聪明,知道的东西越少。"

"倘若公主不满意下官,可以换人啊。"金意安正襟危坐,第一次抬眼迎视着春美公主。

他的目光被接住了,春美公主看着他不说话,还把脸孔凑近到前面来。她的呼吸像层看不见的纱绸,在金意安的皮肤上面拂掠而过。

金意安往后退了退。

"你们眉眼很相似，神情举止却完全不同。"春美公主打量着金意安，这个待字闺中的少女，没有一丁点儿害羞的样子。

"您见过我兄——"

"一个月前，匆匆忙忙地见到过这位大红人儿——"春美公主一只手遮住自己的半边脸，包括眼睛，她的样子娇俏可爱。她自己也清楚。

"在母后的小花园里面，王太子跟他一起陪母后喝茶来着。确实有几分姿色。"

"不可以这样形容男人，"金意安顿了顿，"也不应该这样谈论男人。"

春美公主即将与领相大人的长子举行大婚，故而才有礼宾侍尹来教她关于婚典方面的礼仪，以及棋艺茶道之类能为婚后生活增添情趣的学识。金意安不知道她对上一任礼宾侍尹大人是不是也这么直言不讳。或者她敢如此放言，只是因为他是金意麟的弟弟。她希望他传话给金意麟？

"你说，"春美公主问，"金意麟会不会来这里看你？"

"不会。"金意安回答。

"倘若我邀请他来呢？"

"您是未婚待嫁的公主，这样做未免有失体统。"金意安不客气地回了一句。

"你的意思是，女人一旦出嫁就可以为所欲为了？"春美公主飞快地接过话头儿，脸上现出促狭的笑容。

金意安不再看她，拈着一枚棋子盯着棋盘找落点，却是吓了一大跳，春美公主顺手下的棋竟是相当绝妙的布局。

"你认识那个家伙吗？"

"什么——"金意安抬头看了春美公主一眼。

"就是我要嫁的那个人。见过吗？"

"没有。"

"上个月右领相大人带着他来宫里请期的时候，我倒是很荣幸地在屏风后面瞧见了，那家伙好像有半个月没睡过觉了，眼睛肿得像个烂杏，人瘦得像副撑衣架子，打哈欠时都没用袖子遮一遮嘴巴，露出一口狗牙——"春美公主一边说话，一边从棋罐里往外掏棋子。她的动作就像从糖匣子里往外掏糖果似的，噼里啪啦地往棋盘上面摆，几乎没有停顿。

金意安弯了弯嘴角。

春美公主突然抬头看着他，他的笑容及时地收回了。

"你也讲点儿有趣的事情给我听听吧。待在宫里很寂寞，大家都养成了说长道短的习惯。"

"我没——"

"肯定有，不可能没有——"春美公主把一粒子"啪"地落在棋盘上。

金意安想了半天，"——早上来的时候，我的马车在街上被一个疯子拦住了，他说马车是金子打制的，拼命想弄下一块来带走。"

那个年轻人疯疯癫癫的，紧抓着马车不放，眼睛里面射出狂热的光，不知怎么回事儿，金意安居然给他看得心脏怦怦直跳。

春美咯咯咯地笑起来，"有这样的事儿？"

"是的。"金意安低头打量棋盘上的局势，"春美公主的棋艺如此精湛，根本无须别人教授啊。"

春美公主也低头看棋盘，"我赢了吗？"

"倒也没有。"金意安说。

"那你怎么还夸我棋艺精湛？"

"在我看来，能下得过公主的，成均馆里也找不出十个人来。"

"你这样子讲，是想讨好我？"春美公主讥讽地问道，"还是变相地自夸？"

金意安没吭声。

"那你要不要带我去成均馆里找人下棋？我可以女扮男装。"

"这等大逆不道之事，光是说说，都要论罪的。但我也知道，公主只是说笑。"

金意安离开时，宫女嬷嬷在门口等着。本来就如老核桃一般的脸上，眉头皱得紧紧的，他冲她点点头，她立刻躬身还礼，她挥臂示意金意安离开时要走的路，动作里面竟有舞蹈般的舒展。金意安点点头，沿着木廊台走了一段，两个宫女站着等他，她们见到他时，互相看了一眼，脸上露出微笑。其中一个宫女在台阶处替他把鞋子摆好。他穿上鞋子往外走，走到白梨宫门口，回头看了一眼，身后的宫殿，屋顶像黑鸟的翅膀一样张开，把和房间连成一体的木廊台遮蔽得昏暗幽深，仿佛一个黑匣子。

宫门口的一株木槿树上，木槿花伴着一阵晚风飘飘洒洒地从空中飞落，新任礼宾侍尹的头上、脸上、衣襟上面沾满了轻薄的花瓣。兜头而来的这么一下子，让他的心狂跳起来，仿佛自己变成一枚黑子，被无数的白子包围了。

王太子过来喝茶的那天，雨从清晨就开始下了，雨丝绵密而又齐整，仿佛有双妙手正在用雨丝织布。没来由的，金意安想起春美公主的指尖，粉色的，形状像一粒南瓜子，两个指尖夹着一粒白子落到棋盘上面——

金意安摆摆头,看着院子里面,靠近围墙处,种着一小片苦竹,竹叶本来就绿得新鲜,淋了雨,那绿色更像是活了。竹叶仿佛女人们的眼睛,眼波流转,让人心惊。

金意安把目光收到身前的小桌上,上面摊开着一本书,茶早就凉透了,书还摊在原来的那页上头。

"白梨宫那边怎么样?"见过春美公主的那天,他和金意麟一起在家里吃晚餐,"春美公主的刁钻任性可是出了名的。"

"确实任性妄为,下棋时把监管她的宫女嬷嬷赶到门口去了,"金意安微笑了一下,"跟我说话都不用敬语,实在是无礼至极。但也很奇怪,无礼,无法,在她身上,不让人觉得讨厌。"

金意麟也笑了。

"春美公主其实棋艺精湛——"

"她经常把王太子杀得片甲不留,一点儿面子都不给。"金意麟用细细的银筷把青花鱼的鱼肉剔下来。每次吃完鱼,他的盘子里总是整整齐齐地摆着鱼头、鱼骨和鱼尾,仿佛某种对食物的礼仪。

"那为什么——"

"还让你去教她下棋?"金意麟把吃完的鱼盘摆好,看了金意安一眼,"她喜欢见见人,而你,也需要多在王宫走动走动。也许哪个待嫁的公主会看见你,被你的风度倾倒,愿意下嫁到我们家里也未可知。"

金意安看一眼金意麟。

金意麟表情严肃,没有丝毫开玩笑的意思。

"我们家族也曾经出过左领相的,但最近几代——"金意麟语气滞重,"祖父不幸卷入先王的一起冤案,父亲郁郁不得志,一生碌碌无为,倘若我们不做点儿什么,我们的子孙日后变成平民、沦为乞丐也未可知。我们不能让家族这么毁掉吧?"

"有什么关系呢?!"金意安垂下了眼睛,在心里反驳,"死生有命,富贵在天。"


雨天天黑得早,黄昏时候,不慌不忙地下了一天的雨变得急了,滴滴答答地,落到竹叶上的声音清晰可闻。竹叶清新的气息变淡了,雨水的腥气浓烈了起来。

金意安独自吃饭,边吃边看着仆人把木廊台上挂着的灯笼一盏盏地点燃。白色的茧形灯笼,在风中摇晃着,灯光从灯笼纸里筛出来,照见丝丝缕缕的雨,灯笼的光晕在木廊台上洇散着、摇晃着。

天黑透时,雨停了。金意安在灯下研习棋谱,有脚步声从东院过来。金意安从敞开的窗口往外探看,仆人打着灯笼走在前面,金意麟的身影金意安是认得出来的,走在两人中间的那位却无从猜想。

金意安赶紧起身,在他们到来之前拉开了门。

"忽然想喝你的茶,就过来了。"金意麟站在台阶下面说,请走在他前面的人先上了台阶,"有点儿湿滑,请当心一些。"

来客走了两级木梯,站到木廊台上,他掀掉了连头罩住的斗篷,在灯笼光下,他的脸容白得有些恍惚。他冲着金意安笑了笑,"意安君!"

金意安的心立时就不会跳了,他连忙双膝跪倒,"王太子大驾光临——"

"不必客气。"王太子伸手扶了金意安一把,他的声音和春美公主很像,但语气更轻柔,语速也慢得多,说的每句话都像深思熟虑过。

"深夜打扰,希望意安君不要介意。"

"哪里的话。"金意安鞠躬施礼,把他们请进书房。火炉是白天就生着的,屋子里面暖意融融,"您的到来令陋室蓬荜生辉。"

"不是正式场合,不用拘泥。"金意麟跟着王太子进房,问金意安,"有什么好茶?"

"刚好有新的莲花香片。"

金意麟点点头,"好。"

王太子没有落座,在室内环顾,书架、墙上的字画、棋盘、茶桌,以及茶桌上面的窄口青瓷瓷罐里,插着一枝半开的莲花。

"如此清雅。"王太子轻声感慨,瞥一眼金意安。

心跳得很快,手有些抖,但等到摆好茶台,洗过手,烧上水,开始冲洗茶具时,金意安变得平静下来,动作也从容多了。他只在上朝时看到过王太子,他在高处坐着,瘦弱、苍白,像国王身边一个飘忽的影子。金意安想,所谓高贵,便是如王太子那样面如白瓷,表情冷淡吧。

"雨夜,总是让人最感寂寞。"

王太子和金意麟有一搭没一搭地说着话,王太子的目光落在金意安的手上。他的手,手指修长,洗茶时,他手指掐住茶盏盖子,让清水从指尖滤出去。

"我从来不知道,茶可以沏得这么迷人。"王太子扭头对金意麟说。

他们并坐在一张花纹席上。王太子比金意麟矮了一个头,身材纤弱。金意安想起春美公主的话,倘若她身着男装,不正是眼前的王太子吗?

"大家只知道意安棋术高明,其实,被他深藏起来的本事到底有多少,连我这个做兄长的也不甚清楚呢。"金意麟笑微微地望着自己的弟弟。

"不敢当——"

金意安准备的莲花香片是今年宝城地区出产的新茶,是寺院里年轻的尼姑掐尖采摘,由老茶艺师炒好,前几天送来的。金意安用几个小纸袋装了茶,封好口,在府邸后面的池塘中,挑刚开的莲花把它们夹在花瓣中间,然后用细线把莲花花苞包扎起来,待香气将茶熏染透了,再把茶包取出来。每年,金意安都要请金意麟品品香片,没想到这次王太子也一起来了。

到底是新茶新花,水一冲进茶碗,室内清香四溢,犹如无数朵莲花拂面而开,让人精神一爽。王太子和金意麟的坐姿变得端庄起来,金意安简单地介绍了一下茶的来由,然后把分好了茶水的茶碗分别送到他们面前。

"我在王宫里太孤陋了,不知世间竟有如此佳茗!"王太子端起茶碗喝了一口,惊异地说。

"茶好,水也特别。是日出前,意安从莲叶上采集下来的露水。"金意麟补充了一句。

"是舌头好。"金意安说,"茶在舌头上,水也在舌头上。"

王太子的目光从茶碗碗沿上掠起,瞟了金意安一眼。

金氏兄弟的眉眼原本十分相像,但却因为性格上的差异，给人留下了截然不同的印象：一个火炽如金，一个婉顺如银。

喝完头碗茶，金意安又沏了第二道、第三道，帮他们续杯。

"倘若不客气地承认我们兄弟还有些才能的话，我是冲茶时的那股茶香，水一冲入，顷刻间流香盎然。"金意麟举起手中的"德宁府"粉青印花纹碗给王太子看，"意安的才能却似这茶碗，第一遍茶不动声色，非得第二遍茶冲过以后，从第三遍茶开始，才会慢慢渗出玉色的光泽来。"

金意安抬头望着金意麟，兄长的话令他十分震惊。在他的印象里，金意麟的眼睛一直是向上、向远处望去的，对于身边琐碎不屑一顾。父母在世时，家庭议题无非是痛悼祖父遭遇牵连入案，又因性情过于耿直而丧失被国王垂怜、恩赦的机会，结果家门颓败零落。父亲无能，无法逆转形势，每每酒醉后大哭，鼻涕眼泪弄得满脸，像个小孩子一样摇着金意麟的肩膀，"家门复兴，全靠你了！拜托了！"

金意麟沉默不语。

父亲的眼里从来没有自己的次子，只有一次，他想起了金意安，"你弟弟注定是个没出息的，"他对金意麟说，"给你添麻烦了，真抱歉。"

金意麟看了金意安一眼，对父亲点点头。

他不知道金意麟是在什么时候、什么样的心情下，开始了解、研究自己的，而且如此出语惊人——

"德宁府"的粉青印花纹碗！

"与意麟兄饮酒，与意安兄品茶，"王太子轻声喟叹，"都是赏心乐事啊。"


金意安六岁开始到东堂读书，第一天上学时，比他早两年去了东堂的金意麟被先生点名，站起来背诵《论语》。八岁的金意麟身上已经具有了飞扬的神采，如同他用细鞭子在陀螺上抽了那么一下子，让它飞转起来，古老的中国语录在金意麟的嘴里变成了活泼动人而又睿智豪迈的咏唱。金意麟身上焕发出来的光芒是如此强烈，金意安认为自己一辈子也做不到兄长的样子。

也是从那时候起，金意麟告诉弟弟，他已经上了学堂了，从现在开始，要学习挺直腰杆，让自己的身体里，承接天地正气，要刻苦用功，博古通今，和万物融合。从那一天开始，他再也没陪金意安玩儿过，也很少有笑容。兄弟之间的对话变成了："你的功课完成了没有？为什么没有完成？！"要么就是突然把金意安叫住，让他背诵某一段文章给自己听。

金意安把"四书五经"背得滚瓜烂熟，但只要兄长把他叫住，查问，他就一句话也讲不出来。那些熟悉的句子，忽然间变成滑溜溜的鱼，在他的肚子里游来游去，他就是不能把任何一句抓住，从口里轻松地吐出来。

"你整天在想什么？"金意麟哼一声。

金意安想，明摆着，振兴家族、光耀门楣的事情是留给兄长的使命。他们的父母，东堂的先生们，乃至于一些稍有走动的亲朋，随着金意麟一天天长大，他人对他的态度，甚至对他们父母的态度都在发生变化，谁都觉得金意麟会有大出息，金家的门楣随着金意麟的成长而抬升。

金意麟身上的光芒无人能忽视。金意安觉得自己是兄长身后那条暗黑色的影子，有阳光就出来，没阳光就躲藏。一个影子，若有若无，可有可无，何必为难自己呢？反倒是琴棋书画这类闲情逸致，金意安得心应手，不费什么劲儿就能成为其中的佼佼者。

父母谢世后，金意麟专心在成均馆里读书习武，十几天才回家一次。

金意安白日里在家写几首时调，画几笔水墨，下下棋喝喝茶，偶尔也被相熟的朋友拉去花阁寻欢作乐。"无花"阁里的舞伎玄鹤让金意安神魂颠倒，她长发若瀑，眉目如画，身子似乎被老天爷拎在手上，拧湿衣服那样在中间拧过，腰肢比面筋还要柔软。她的舞蹈让金意安如梦似幻,他把偶尔卖画的钱,以及下棋赢的钱都攒了起来,希望有机会在玄鹤的房里留宿。

"听说你最近常在花阁里流连?"金意麟冷冷地看着他,"学业荒废,倒有心情在那种地方栽下情根。"

金意安对兄长的说教不以为然。他终于攒够了钱,可以买玄鹤一夜。他的心雀跃不止,洗澡的时候心跳如鹿撞,他担心自己会在关键时刻不争气,但又转念一想,光是能把玄鹤抱在怀里,厮磨一夜,便胜却人间无数。他换了最好的一套衣服,夜里去赴约。玄鹤房间里面灯光暗拢,香气幽深,金意安想象了一下里面玄鹤等待自己的情景,手指发抖,全身酥麻,轻轻拉开了拉门。

有一瞬间,金意安不能确定自己是梦还是真,这幅场景是他看见的,还是他想象中的?但他慢慢地认清了眼前:

光线昏暗处,玄鹤躺在金意麟的怀里,金意麟的手在她的身体上游走。

有根看不见的木棒,抡在了金意安的脑袋上面,他缓缓地把拉门拉上,金意麟转过头来,他们的目光会合在一起,接着就被拉门截断了。

走回府邸的路上,疼痛开始涌现,从头顶开始,痛像蚕,一口一口地咬着,一点一点,一片一片,最终把金意安咬得体无完肤。他疼，疼得难以形容，难以忍受，他的身体抖得很厉害。他惊异地发现，痛到极处时，痛就变成了冷，仿佛万支冰箭射进了他的身体，他千疮百孔，明明冷得要死，而冷却又变成了灼烧——他最后回到自己房间，整个人落在褥子上时，感觉自己的身体就像人形纸灰，轻飘飘的，没发出一点点声音。

他在灼烧中想起玄鹤的身体，确实如他之前想象的，肤如凝脂，身体曲线宛若酒壶的弧度，让人迷醉，她的长发如泼墨，却是活的墨，如果是在他的臂弯里，他会写出怎样的诗句呢？但不是，抱着玄鹤、占有玄鹤的人是金意麟，他是怎么去玄鹤房里的？他知道那天晚上玄鹤对金意安出售了夜宿权吗？金意麟的双手在动，游走，玄鹤的身体在他的臂弯里变成了伽倻琴，他的手指在她的身体上弹奏，金意安胸腔里的疼痛动了起来，聚拢了起来，猝不及防地，它从他的嘴里蹿了出去，变成尖利、悠长的号叫——

天亮以后，金意安蜷缩着睡去，他睁开眼睛时，一双脚在他的脸前面，他顺着脚往上看去，金意麟就像一棵树，伫立着。

金意安慢慢地起身。

"确实柔情似水，"金意麟脱掉外衣，扔在地上，"但男子汉的手，应该建功立业，用来抓水，只会抓出一场空。"

金意安盯着他扔在席子上的外衣，乳白色的细夏布，他觉得玄鹤夹杂在这件衣服的绗缝中间，跟着兄长一起回家来了。

金意麟绕过金意安，叮叮嘭嘭把他房间里的橱柜打开，把里面的画一股脑儿地抱到了院子里，扔在地上，让仆人把冬天在房间里烧炭取暖用的铜盆拿出来。

"你要干什么？！"金意安想喊，但喊不出声。

"出来！"金意麟走回来，抓住金意安，把他踉跄着拖出门来，仆人抱着铜盆出来，放在庭院中。

"生火！"金意麟吩咐仆人，把一把很大的、镶着木柄把手的铜镊子递给金意安，"你自己烧。"

红蓝火苗在画上起舞，和画面上玄鹤的舞蹈一样妖娆。铜盆里的灰越积越高，最后浮到了盆沿上，又枯叶似的飘落到地上。

金意安觉得自己的心也被夹在铜镊子里，放在炉火中烧成了灰。他一动不动地蜷腿坐着，先是双脚，然后是双腿、身体、胳膊，最后连大脑都麻木了。

"美人如灰，越早清醒越好。"金意麟的脚在灰上踏了踏，他抬头看看府邸，房屋失修，围墙颓败，"我们要做的事情太多了。父母在九泉之下，你就用这种东西来告慰他们的亡灵吗？"

金意麟转身离去。

金意安盯着盆里的灰。灰薄如锡，风一吹，就碎成了粉末。

告慰亡灵？

那关他什么事呢？

父母生前，父亲一只眼睛盯着酒坛，一只眼睛盯着金意麟；母亲则是一只眼睛盯着父亲，一只眼睛盯着金意麟。不用说九泉之下了，他们踏上黄泉路以前已经把他们的次子忘到九霄云外了。双亲过世，金意安当然也觉得悲伤，但同时松了一大口气。再也不用听父亲一边喝酒一边痛哭流涕地追忆往事了，再也不用听母亲絮絮叨叨地抱怨几年没添过新衣，几个月没吃过牛肉了。他们死前拉着的，都是金意麟的手。把这么一个破烂摊子家业留给儿子，真对不起；没能看着儿子出人头地，娶妻生子，真对不起；金氏家族再怎么艰难，也请儿子延续下去，振兴起来——

金意安跪在兄长身侧，越来越不耐烦，父母这一生，废话唠叨个没完，抱怨个没完，死的时候也这么拖泥带水，咽气都要咽两个时辰。他们的眼睛里面没有他，他觉得很好，这样一来，他也没有了悲伤的义务。

在葬礼上，金意安穿着丧服，沉着脸，站在兄长后面，看他迎来送往，答对亲朋。闲着无聊，他打量金意麟，发现他悲伤不足喜悦有余，他们再也不用为父亲酗酒后的举动不安和羞惭了，父亲酗酒的巨大开销让家里财务状况雪上加霜，家里能变卖的东西早就卖空了，金意麟十三岁就开始替人写文章换钱，补贴家用，他赚得永远没有父亲喝得快，现在，这一切终于结束了——金意麟成了金氏府邸的顶梁柱，所有过府来吊唁慰问的人，无不用赞许的目光打量着他。"你父母亲有这么优秀的儿子，也算不枉此生。""有你这样的儿子，你父母亲死了也是安心的。"

金意麟对每个来吊唁的宾客点头，他的头点得很缓慢，很坚决。

那以后，金意安又去过"无花"阁。玄鹤主动过来为他添了几次酒，"原来你是金意麟的弟弟啊。"她惊叹不已。抱歉那天失了约，愿意补偿他，金意安拒绝了。他叫了歌伎玉姬陪侍。玉姬崇拜他的才华，暗恋他很久了。进门的时候她满脸喜气，看到玄鹤时，笑容从她脸上消失了。

"过来——"金意安招手叫玉姬。

玉姬走到他身边，整个人偎进怀里时，像只灵猫。

金意安双臂托住她，把她抬起来，让她稳稳地躺在自己盘着的双膝上面，他的手从她的短衣下面探进去，握住了玉姬的一只乳房，引得玉姬尖叫了一声，想要挣扎，却被他抱得更紧了。

"那我就不打扰你们了。"玄鹤笑着起身,走到门口时,她停住脚步,回眸一笑,"对了,见到您兄长的话,请传达我对他的问候,很期待能早日再见他。"

金意安笑笑,"从你这里回去,他倒是评价了一句。"

玄鹤拉开拉门的手停下来,扭头看着金意安,挑起了眉毛。

"他说,美人如灰。"

玄鹤的脸瞬间黯淡,但她飞快地用妩媚的笑容掩饰过去,"——受教了。"


金意安又去过几次花阁,玄鹤的舞蹈是压轴戏码,惹得男人们拊掌尖叫,女人们难掩赞叹和嫉妒,每次表演总有男人醉醺醺凑过去,弓腰探头,想趁她抬腿时往她裙子里面看,她的脚尖好几次掠着男人的鼻尖蹭过去。金意安总是站在最后面,一声不响地看着她表演。玄鹤最后的收势仍旧有让他心醉神迷的魅力,她像一只展翅的鸟,在落地的一瞬间大张开翅膀后,把翅膀慢慢在身侧合拢——

金意安留宿在玉姬房间里时,会想象自己驾驭一只大鸟,飞翔在高天。而最后总是他自己,像折断的翅膀,砸在玉姬身上。他心疼。那种心疼像某个肿块,伸手可触。玉姬越来越黏他,像小鸟拱在鸟巢里那样蜷在他的身下,有时候则用双臂吊在他的脖颈上。但金意安越来越觉得索然无味。

他不再踏足花阁,时间大多花在钻研棋谱上。他的棋艺越来越有名,经常约高手对弈,也有越来越多的人找上门来和他较量。金意安二十一岁那年,二十三岁的金意麟春天时文榜及第,秋天时武榜又及第,成为汉城府的传奇人物。王太子毫不掩饰自己对金意麟的看重,主动对他示好,跟他结交,金意麟被很多两班贵族视为明日之星。在王太子的大力举荐之下,金意麟在司谏院里官拜三品按察使。这是近四十年来,金氏家族被赐封得到的最高官位。

金意麟仕途顺利,对金意安的要求反而不像从前那么严厉苛刻。或者就是兄长对自己彻底丧失了信心?金意安暗自猜想。

金意麟穿着紫红色的官袍,神采奕奕。他是引人瞩目的官场新贵,每日都有请帖送上门来。那些有女儿待嫁的贵族人家,派人在他下朝时追着他,送帖子请他到府上吃饭。相形之下,金意安就像被打入冷宫的妃子,仆人对待他的态度与金意麟差别明显,有时候会让金意麟沉吟一下,但金意安不以为然。何况,他和兄长虽然生活在同一屋檐下,却难得见面。他起床吃早饭时,金意麟已经上早朝了,晚上归家时,都带着八九分醉意。金意安在书房里读棋谱时,会听到大力的拍门声，奔跑着迎出去的仆人和随着金意麟出门的仆人们，大呼小叫，嘘寒问暖，加上他们细碎凌乱的脚步声，掩盖、模糊了金意麟的所有声息。

金意安乐得如此。他和兄长，就像井水河水，清闲和奔流各归各位。他犯愁的是棋艺上越来越难找到对手了，离汉城府三百里远有个离俗寺，金意安给寺里的水心大师写信，请教棋艺。据说从来没有人能在水心大师的棋盘上走过五十步。

水心大师有信必复，淡黄色的水心笺是水心大师自己做的，上面落的字体沉稳洒脱，每句话都平常，又都意味深长，玄机暗伏。

金意安住的西院俨然成了金氏府邸里的离俗寺，他总是家里最后一个发现变化的人。

家里新来了仆人，现在厨房里有人专门给他们做饭了，衣服也有专人清洗、上浆、熨平，屋瓦换过了，瓦当用了最新的式样，围墙重新砌起来，加厚也加高了，室内添置了一些新家具和器具，旧家具重新油漆过，以前被父亲抠下去换酒喝的金制画角也找来工匠按原样儿补上了，府邸的大门是什么时候拆掉、什么时候又换成新的，金意安浑然不觉，有一天他出门买宣纸，走回来时，凑巧抬头，还以为自己走错了门——

府邸正门比原来大了两倍，门框散发着木料的香气和清漆的气息。

金氏府邸就像一件蒙尘多年的宝物，经过日复一日的擦拭和打磨，越来越光鲜亮丽了。有一天，金意安吃惊地看着白日里一群仆役抬着锅碗瓢盆进来，黄昏时分十来个浓妆艳抹的艺伎登门，入夜后，府邸里灯火大亮，笑语欢声——

金意麟开始在家里设宴招待官场同僚了。

金意安也应兄长的要求换了衣服去待客，玉姬现在已经是花阁里最当红的歌伎了，她浓妆艳抹，华服盛装，年纪好像一下子增长了好几岁，举手投足有了不一样的气度。有人替她抱着伽倻琴跟在她身后服侍着。他们目光相交的一瞬，她的表情变换了几次，最后变成微笑，手抚胸口，躬身请安，"好久不见。"

"这么娇艳欲滴，"金意安凑近了玉姬的耳朵，"是靠什么滋润的？"

玉姬瞪了他一眼，嗔怒未完，笑了，"没有人关顾的花朵，快要枯萎了。"

金意安又等了一会儿，仆人关上大门时，他才明白，玄鹤没来。她是"无花"阁里的头牌，不出门奉客。看来，哪怕是官场新贵金意麟，哪怕她对他情有独钟，也未能让她破例。

筵席上，玉姬率先被请出来，弹奏了两支曲子，引得宾客们一片叫好。入席时，她被安排在当日身份最高的右领相大人身边落座。右领相大人上个月刚刚过了花甲礼，他在玉姬的手上拍了拍，玉姬微笑了一下。酒喝了几轮，气氛欢腾，酒劲上头。右领相大人的手开始在玉姬身上游走。玉姬抚额、整发、押衣，这些小动作都不能阻止右领相大人的进攻，他后来直接对金意麟说，身上的衣服太紧了，想换件宽松的。

金意麟叫来仆人，让他带着右领相大人进房。

"玉姬姑娘会帮您宽衣的。"金意麟说。

"我笨手笨脚的，"玉姬的脸色变得苍白，"让小贞去吧。"

"小贞这样的丫头怎么能把右领相大人服侍好呢？"金意麟说。

"刚才进来的时候，大人说要听曲——"玉姬的目光里面长出手，牢牢地抓着金意安，"是吧？"

"改日再——"金意安垂下了眼睛。

玉姬起身时，右领相大人"哼"了一声，"喜欢白脸少年？"

"大人威仪如山，让美人有压力了。"金意麟笑着说，让管家亲自把右领相大人和玉姬姑娘送进房间。

一直到快散席的时候，右领相大人才重回酒筵。

"右领相大人的活力堪比二九少年啊。"金意麟的话引起一片笑赞。他把一袋碎银递给金意安,让他去给玉姬。

金意安去房间里找玉姬,玉姬背对着门,房间里光线幽暗,她在重新盘发,不知道是缺了镜子,还是别的什么原因,她的头发老是盘不好。金意安走到她身后,轻轻问了一声,"要我帮忙吗?"

玉姬身子一僵,停了一会儿,继续盘头,"不劳您的贵手了。"

金意安把装了银子的锦袋放在她的身侧,他没往玉姬的脸上看,退出房间时,替玉姬拿琴的姑娘喘着气跑过来,见到金意安,躬身施了礼。

拉门拉上后,金意安往回走,在庭院里,他抬头往上看,夜空黑蓝黑蓝的,月亮如一个金盘,内部镶雕了银色的装饰,挂在高处。金意安很想去兄长的房里取来弓箭,把月亮射下来,用脚踩扁。

你有那个神勇吗?他嘲笑自己。

他没有。


"今天见到那个疯子了吗?"金意安第二次进宫教春美公主下棋,她照例打发了宫女嬷嬷,嬷嬷一离开,春美公主就迫不及待地问他,"那个想从你的马车上面,弄下一块金子来的家伙？"

"没有。"倘若她不提起，金意安连那个人也忘了。

"我知道他是为什么疯的。"春美公主表情神秘，故意停顿一下才又说，"和你有关。"

"和我有关？"金意安笑了。

"和金氏府邸有关，算不算是和你有关？"

金意安的笑容收敛了，"愿闻其详。"

"他是一个古董商的儿子，有点儿钱的闲浪子弟，如果一心求学上进，没准儿也能做个好人。但家教缺失，明明是个男人，却偏好打听些家长里短，风流韵事。他发现在你们家府邸门外，经常停着一辆马车。从上到下罩着青布罩子，捂得严严实实的，总是在夜幕降临后到来，第二天天明前离开。按察使金大人是相貌英俊、风度翩翩的官场新贵，马车里面坐着什么样儿的人儿，自然是让人好奇的。"

春美公主对说故事有一种迷恋，眼睛紧紧地盯着自己的听众，语调貌似平静，里面却有着压抑不住的喜悦激动。金意安得控制着自己，才能把注意力放到她说的事情上面。

"——我从来没见过您说的这辆马车。"

"倘若你见过他见过大家都见过，那这件事情还有什么秘密可言？"春美公主瞪了他一眼，很不高兴自己的话被打断。

金意安缄口不语。

春美公主自己气了一会儿,忍不住又说起来:"这位古董商的儿子和别人打赌,彻夜守候在你们府邸的门外。第二天早晨客人从府邸里出来后,他跟踪着马车绕遍了半个汉城府,累得像狗一样把舌头都吐出来了……这句话是我加的。我猜他会累成那样儿。他再也跑不动了,偏偏马车也停下来了。你猜猜看,马车停在哪里?"

金意安摇了摇头。

春美公主有点儿失望,瞪了金意安一眼,"马车停在离王宫不远的一个树林里。几个黑衣人扯下了罩在马车上面的青布车罩。太阳刚好出来,那辆马车在古董商儿子的眼里,呼啦一下子,光芒万丈,变成了用金子打制而成的。马车上面下来一个人,坐进了之前等在那里的一个轿子里面,进了王宫,无人拦阻过问。

"他把事情跟别人讲了,谣言传得满天飞,但是真是假就难说了,因为古董商的儿子变成了你见到的那副模样儿。"

"——您是怎么知道这些事儿的?"金意安问。

"王宫里到处都是黑衣侍卫,随便打发两个出去,想知道什么都行。"春美公主意犹未尽,叹了口气,"可惜不知道马车里坐着的人是谁。"

喝茶的那个雨夜一下子被拉到眼前来。王太子摘下斗篷的一瞬间，自己不是把他误认为是春美公主了吗？

金意安笑了一下。

"你笑什么？"春美公主问。

"——没什么。"

"笑我飞短流长？"

"哪里。"

"住在宫里的人，半夜却留宿在贵府，想不让人好奇都不行啊——"

"为什么不是王太子呢？"金意安说，"他来我们家里做客，还跟我们一起喝了茶。"

金意安回想王太子袖子里面伸出来的手腕，纤细，苍白，捏着茶碗的手指比女人还要秀气。

"王太子去你们家做客有什么稀奇的？谁不知道他跟按察使大人好得形影不离。但太子哥哥不会在你们家留宿的吧？"

"倘若喝多了酒——"

"即使他喝多了，内官也会把他带回宫里来的。"

"——那个古董商的儿子怎么变疯的？"他问。

"这正是这件事的玄妙所在。"春美公主拍了一下桌子，脸上露出邪魅的笑容，"大家只知道他疯了，不知道他是什么时候疯的，如何疯的，自然也就没有人能确定，他到底是因为说了那样的话才变疯了呢,还是他原本疯了才说那样的话呢。"


离春美公主大婚只差十天了,驸马猝死。

事发第二天,右领相大人双手托着官帽,低头上朝,大家发现他的头发一夜之间全白了。右领相大人在朝堂之上长跪不起,磕头太用力,把额角撞裂了,血弄得满脸都是,他声泪俱下,说千言万语无法表达自己的羞愧之情,让殿下下旨,把自己拉出去处决。

金意安身边的两个官员低声交谈。

"不愧是右领相大人啊,说什么话都能直戳进国王的心坎儿里。"

"老基石修得起大宫殿——"

金意麟站出来,替右领相大人求情,虽然右领相大人教子有失,但好在春美公主尚未出嫁,无损清誉。请殿下顾念老臣一生忠耿,准许右领相大人辞官归隐,回故乡安守田园度过晚年。

国王沉吟了一会儿,准了金意麟的提议。

金意安看见身边的两个官员互相交换了一下眼色。在他们的目光落到他脸上之前,他垂下眼睛盯着地面。

当天夜里金意麟又和王太子到金意安的书房喝茶。夏天清凉，庭院里的苦竹竹叶在夜风中发出细密的声响，仿佛人群中的低语。

"王宫里太多脂粉气了。"王太子深吸了几口空气后，微微一笑，"贵府里的清新真是沁人心脾啊。"

王太子跟别人交谈时喜欢垂着眼睛，偶尔抬眼瞟一瞟说话的人。上朝时金意安离王太子很远，他在人群中站着，有时觉得王太子像佛殿里的泥塑。

"王宫内多奇花异卉，有六位艳压群芳的公主，还有比所有公主更加亮人眼目的太子妃，再加上国王身边的一众佳丽，身在众芳国天香府，您所说的'清新'，只怕是穷酸的隐喻吧？"金意麟好像心情不错，笑声爽朗。

"众芳国天香府？！"王太子不抬眼皮，鼻子里面"哼"了一声，"女人总是让我想起蛇，毒蛇，艳丽、黏腻、纠缠——"

"有美人纠缠，岂不正是男人的风光？"

"女人如花香，太浓烈了会让人窒息的。"

"这么说也对。美人恩重，一向是最难消受的。"

王太子慢悠悠地说道："所以驸马才死在歌伎的身上。"

金意安的手哆嗦了一下，热水洒在手背上。王太子和金意麟停止交谈，看着他。

"对不起……"烫到的地方像有几万根针同时刺进去，金意安顾不上疼痛，低头道歉。

"没关系吧？"王太子盯着金意安的手。

"没关系。"金意安鞠躬致歉，"真对不起。手忙脚乱的……"

"意安还不知道这件事呢……"金意麟看着他抓起布巾，把溅在手背上的水擦掉，转头向王太子解释。

"真的没关系吗？"王太子打断他，冲着金意安问。

"真的。"金意安鞠躬道歉，"实在对不起。"

"在汉城府竟然还有人不知道驸马是如何猝死的，这倒是桩新鲜事儿呢。"王太子转头冲着金意麟说，"全汉城府的人都跟喝了黄牛血似的，比过节还要开心呢。"

"蒙古大军像一大片乌云，正从西边压过来，大家都像盲了眼，"金意麟喝了口茶，"牡丹花下死个风流鬼，大街小巷倒津津乐道。"

金意安烧了热水，替金意麟把茶杯续满。

"昨天夜里在白梨宫，春美把她预备举行大婚时穿的礼服挂在衣撑上面，在花园里点火烧着了。火光和烟气引来了黑衣侍卫，连父王和母后都被惊动了。"

"春美公主算得上是王宫里性格最鲜明的人物了吧？"金意麟笑了。

"仗着是母后亲生的，为所欲为罢了。父王本来很生气，想惩戒她恣意妄为，结果那丫头见到父王，转脸梨花带雨，哭得泪人儿似的，父王的心都被她的泪水泡软了，非但不追究，还抚慰了半天。春美得寸进尺，扬言要自己挑选新驸马呢。"王太子端起金意安刚刚换了新茶的茶杯，斜睨了金意麟一眼，"春美好像对意麟君情有独钟啊。"

"情有独钟？"金意麟笑了，"这倒是新鲜的话题。"

"意麟君被人倾慕惯了，难免会视别人的真心如敝屣。"

"王太子殿下这话可真令人惶恐，"金意麟嘴上说"惶恐"，动作却很从容，伸手把茶碗端起来，闻着茶的香气，"倘若是我哪个地方失礼了，您只管责备就是，何必含沙射影呢？"

"一品二品官员中与王室有着亲密关系的家族中，条件优秀的年轻人，早已和其他的公主订了婚约，四品以下的官员，根本不在考虑之列。数来数去，眼下意麟君的条件倒是新驸马最适合的人选。"王太子不看金意麟，沉默了片刻，重又开口说道，"母后也跟我打听你的家世背景呢。"

"家世背景"几个字，让金意麟的表情僵硬了。

金意安垂下目光盯着坐在火炉上面的水壶。

"早知道王太子殿下要谈这件事，今天晚上应该喝酒的。"金意麟笑了，"风流事在半醉的时候讲最有趣了。"

"不是风流事,是朝廷大事,春美的婚姻事关权力分化,"王太子转头看着金意麟,有些责怪,"您竟然如此轻慢!"

"您想让我怎么样?拽着女人的裙子爬上高位?让群臣背地里嚼舌根子?"金意麟没喝酒却有酒醉之态,声调提高,言语放肆。

金意安的心提到了嗓子眼儿里。

"春美不只是母后亲生的,也是几个公主里面最讨父王欢心的,"王太子说,"春美公主的驸马,父王自然会格外倚重。"

"未来国王的倚重才是我应该考虑的吧?"金意麟笑了笑,"没有春美公主的裙带,我也能为国效力,为国王分忧。"

"有意麟君的扶持,未来国王的座椅才压得住三千里江山。"王太子轻声说。

金意麟的笑容收敛了。

"倘若国王赐婚,意麟君一定要应允。"王太子抓住了金意麟的手,"切记,切记!"

金意麟沉默了一会儿,看着金意安,"想喝酒了!最烈的烧酒!"

"我去取!"金意安起身,对王太子和兄长微微躬身,"请稍候!"

仆人去酒窖里取酒，金意安在厨房里耽搁了一会儿，回来时，房间里已经空无一人。他站在木廊台上往兄长的房间看，没有灯光，黑黢黢的。春天时，整个房瓦重新换过，屋檐檐角高高掀起，仿佛撩起的一片裙裾，木楞一格一格，对称着排列下来，鱼形风铃在风中丁零作响——

"里面的衣服和我身上的面料差不多少，但绣工很讲究，裙摆上面用银丝线绣着九凤朝阳，短衣的系带上面用金银丝线分别绣了桂花和桂叶。最讲究的要数外面那件绸衣了，是龙凤呈祥的图案。"春美公主用细细的毛笔在纸面上边说边画，"宫里最好的九个绣工忙活了大半年，你真该看看她们一起干活儿时的排场。去年王太子妃嫁进王宫时，她的礼服差点儿让我们笑掉下巴。不过她人长得美，大家只顾盯着她的脸，很少有人像我们那样关心她穿了什么戴了什么。"

春美公主穿着白色的短衣绿色的裙子坐在桌子前面，面前摊着一张宣纸，刚洗过的头发宛若两匹黑缎，沿着脸颊两边垂下来。几天没见，她瘦了一些，下巴更尖，眼睛更大了。

金意安进门后见到她的装束，吓了一跳，他看一眼身边的宫女嬷嬷，她倒是和往常一样面沉似水，对金意安鞠躬后，不劳春美公主废话，自己退出了房间，还替他们拉上了拉门。

"火是我亲自点着的。衣服烧起来的一瞬间，真是灿烂，九只凤凰在火里像飞起来似的——"春美公主抬头看着金意安，"男人在女人身上找快活，到最后的时候，是不是也像鸟那样飞了起来，魂儿都没了？"

金意安猝不及防，整个人僵住了。

"礼宾侍尹大人脸红了。"春美公主放下毛笔，双臂撑在桌面上，凑过来看金意安。

"身为公主，或者说，待字闺中的女子，"金意安清清喉咙，"这么说话是很不得体的。"

在近处，她头发里面菖蒲花汁的香气变得浓郁了。他的心扭搅起来，对抗着想要把手指插进她头发里面的欲望。

"作为一个预备出阁的女子，他们教我的东西可不少呢——"春美公主说，"偏偏还都装得一本正经的，就像你现在这样！"

她眯着眼睛说话，手指隔着一段距离，在金意安脸上画圈儿，嘴里的呼气犹如草尖撩拨着他的面颊。

金意安伸手抓住了她的手指。

春美公主愣了一下，但并未挣开手。

"我不知道是谁把你教得这么轻佻的，"金意安捏着春美公主的手指，"女人一轻佻，男人就轻视。"

他放开了她。

"女人不轻佻，也没有什么好处啊。"春美公主看看自己的手指，"像母后那样的女人，只有一个。那些嫔妃想尽办法讨好父王，跟花阁里的女人又有什么两样儿？"

金意安沉默了一会儿。

"既然您的婚事取消，那么，我也没必要再进宫——"

"那个歌伎，你也认识吧？"春美公主打断了金意安的话。

他没吭声。

"礼宾侍尹大人果然是风月老手啊。"春美公主拍了下手，头发像匹绸缎在身后飘摆，"你们是怎么认识的？你去花阁点她的花牌？那个贱伎是不是像烂泥一样，半个汉城府的男人都蹚过？"

"您要是能听到市井里的流言，就不会这么说了。"金意安淡淡地说，"那个歌伎是'无花'里唱得最好的，她的歌声能让人迷失，三月不知肉味，性情也温顺可人。驸马爷死在她身上，倒真是占了天大的便宜。"

"一个会唱歌的茅房罢了！"

金意安笑了笑。

春美公主看着他，"你笑什么？"

金意安收了笑。

春美公主仍旧一眨不眨地看着他，"告诉我，你笑什么！"

"在那些不干不净的流言中,您以为自己还是冰清玉洁的公主吗?您甚至连那个歌伎都不如。右领相大人的公子,公主的驸马,大婚在即,却忙着去花阁偷欢,别人会怎么议论您呢?我敢打赌那个歌伎那里现在一定是车马如龙,客如流水,对于把春美公主都比下去的女人,谁能不好奇呢?"

春美公主把嘴唇咬得失去了血色。

"你现在巴不得长出翅膀,飞去找她吧。"

"只怕她已经客满了——"金意安说,"但我愿意排队等——"

春美公主扬起手来,金意安来不及反应,脸上就挨了一耳光。

"你竟敢如此放肆?!"

"人必自辱,而后人辱之。"

春美公主扬起另一只手,在他的另一侧脸颊上又打了一巴掌。

金意安的脸上露出微笑。

"你现在虽然举止粗鲁,却比刚才的轻佻更符合你的身份。"

春美公主又扬手打了过来,手臂扬起来时,带动着头发也飘动起来,拂过金意安的脸,"你敢用'你'来称呼我?!"

"来而不往,非礼也。"

春美公主的手在半空中顿住了,她的眼圈儿红了,泪水在眼睛里面先是轻轻抖动着,然后越抖越厉害,最后变成滚圆的一颗,"噗"的一下碎裂在脸颊上面。她把举起的手臂转了方向,用手背擦了一下眼睛。

更多的眼泪从她的眼睛里面流下来,直到泡软了金意安的心。

他喜欢她恼羞成怒的样子,更喜欢她泪水在脸上清清流淌的模样儿。这才是待嫁的少女,像虞美人花一样柔弱,让人心疼。他强忍着,才没把他们中间的桌子抽走,把她抱在怀里安慰。

夜里睡不着。金意安点亮灯,燃起龙脑香片,把棋子从白瓷罐里一个个拿出来,用绸缎细细地擦拭之后再放回去。金意麟是什么时候站到门外木廊台上的,他都没有觉察到。

"我看见你这边有灯光,就过来了。"站在灯下的金意麟如同沐浴在细雨中。

"兄长——"金意安连忙起身,"请进来坐吧。"

"来杯茶吧,"金意麟撩起衣摆坐下来,"不用太讲究,随便一些就行了。"

金意安起身去叫管家,从厨房把炭火和水送过来,回到房间,他把茶桌搬过来,放在金意麟面前,把茶具一样一样摆好。

"他们说你从王宫里回来,晚饭都没吃?"

金意安笑笑,"看棋谱一时看迷了——"

"春美公主对驸马的事情——"

庭院里响起急促的脚步声,管家跌跌撞撞地出现在门口,"王太子——"

金意麟立刻起身,金意安一时脚软,等他起来时,金意麟已经迎出去了。

管家看看金意麟的背影,扭头看着金意安,"那炭火和水?"

"多送点儿过来。"

水烧开了,金意安把茶具洗好、烫好,又等到水变温,茶具变凉,金意麟才带着王太子过来。金意安施过礼后,重新烧了热水,先把热水冲入茶杯,然后用茶匙把雀舌茶放入杯中。水在阴纹白瓷杯里,看上去波纹迭起,茶叶入水后,一长一短的两片嫩绿缓缓绽开,果然形如其名。

王太子喝了口茶,轻轻叹息。

"如果人世间的事情都如这茶一样,芳香甘美又一目了然,该有多好。"

金意麟笑了笑。

王太子看看他,"告诉意安君吧。"

金意麟端起茶杯喝了一口,"和驸马相好的歌伎让人杀了。"

金意安手里拎着水壶呆住了,"玉姬姑娘?"

"我从来不记她们的名字,"金意麟淡淡地说,"是春美公主假传王后之命派黑衣侍卫干的。黑衣侍卫用木盒盛了人头呈送王后,王后当场被吓晕了。国王震怒,把春美公主囚禁在宫中。"

"春美这次做得过分了,父王真的很生气。"王太子补充说。

"你今日进宫,"金意麟望着金意安,"春美公主说什么了?"

金意安看着兄长,他觉得兄长的话是隔着很远的距离,才进入他的耳中的。

"宫女说礼宾侍尹大人离开后,公主怒气冲冲,召来了黑衣侍卫。"王太子说,"她没对着意安君乱发脾气吧?"

金意麟看一眼金意安,"你老拎那个壶干什么?"

金意安这才注意到自己泥塑木雕似的,一直提着刚才的壶,他放下手里的壶。往壶里加水时,那一注清流,把他的凌乱也洗清了些脉络。

"很抱歉——"

"太寡淡了，"金意麟喝了口茶，放下，拍手叫来管家，让他送坛米酒过来，管家应声而去，送米酒的时候，把下酒的小菜也一并送来了。

"花阁里面出了杀人案，现在乱套了吧？"金意安很奇怪自己脑子里居然想到了玄鹤，不知道她在不在现场，吓没吓破胆。

"黑衣侍卫怎么会血溅花阁呢，"王太子笑了笑，"他们把那个歌伎带出去了，说是贵人有请。她的消失不会引起什么恐慌的。"

"宫里会传来传去的吗？"金意麟问。

"宫里没有秘密，不过这件事情，春美倒是将了父王一军。"王太子笑了，"如果父王处置了她，宫里的传闻自然就是真的；想把这件事情了无痕迹地抹掉，父王就不能把春美打入冷宫。"

"春美公主跟我打听歌伎的事情，是我没有回答好，"金意安躬身谢罪，"都是我的错，没能好好地引导公主。"

"女人倘若成心歪缠，意安君招架不来的，"王太子喝了几杯，酒晕上脸，涂了胭脂似的，眼睛里面春水如注，"意麟君或许可以应付。"

"女人就像游戏，"金意麟放声大笑，"可以玩玩儿，但不可玩物丧志。"

"意麟君是个薄情人啊。"王太子也笑了笑。

他们喝光了那坛米酒,告辞离开。


金意安送别他们,转回房间,拍手叫来管家把酒菜收拾下去。茶桌茶具,他自己烧了壶热水,细细地洗过,晾好。

金意安吹灭了灯,在房间里面坐了一会儿,起身出门,沿着木廊台往书房走,玉姬被右领相大人拉进去的情景还历历在目,他的心疼了起来。她有多大?十八岁?小小年纪,还不谙世事,就在花阁迎来送往,她自以为风情如花开,只管一味吐蕊,却远远没有玄鹤的智慧,懂得韬光养晦,用偶尔蒙尘来掩盖身上的芳华。

那夜在书房,她的身体在颤抖,双手抖得无法把头发盘起来。右领相大人究竟对她做了什么?他不敢问,也不想真的了解。

突然发出的声音,让金意安在书房门口止住了脚步。房间里面有嘤咛之语,喘息之声,在午夜静寂中,如夜潮涌动,隔着门和墙壁,都能感觉到房间里面弥漫着酒气,以及热辣而潮湿的气息——

金意安沿着原路无声无息地退了回去。

回到房间,他躺在被褥上,对自己说:居然做了如此荒唐的一个梦！都是玉姬干的好事儿！她死不瞑目，各种惊扰。

金意安翻来覆去，辗转反侧，天快亮时，书房那边传来细碎的声响，有人从里面走出来，沿着庭院中的甬路，脚步轻得像湖面上的涟漪。

金意安眼看着晨光浸透了窗纸，才睡了一会儿，梦中的情境和屋外仆人们晨起打扫院落、准备早餐的情景交织在一起，父母好像仍旧健在，指导仆人们做这做那，百般挑剔，有人在说话：让仆人们小声一点儿，不要打扰二公子的美梦。

金意安起床时，在东院看见金意麟，金意麟刚练过拳脚，身上热气腾腾的，穿着宽松的衣裤精神焕发地坐在木廊台上，看见金意安走过去，冲他笑笑。

"早安！"

"早安！"金意安犹豫了一下，"我的这个礼宾侍尹，可以请辞吗？如果可以，如何能够方便地辞掉？"

金意麟没来得及回答，宫里来的信使跟着一个仆人进门，朝这边走过来。金意麟从信使手中接过信，拆开看了看，朝金意安摆摆手。

金意安头重脚轻,坐在车上斜靠着车窗窗框,在马匹跑动起来颠儿颠儿的声音中,迷迷糊糊地打了个盹儿。在梦里,他坐的马车是金灿灿的,王太子跟他坐在一起,车外有个疯子,追着马车跑,一边跑一边朝他们喊。

马车用力地一抖,停了下来。金意安的头在车梁上磕了一下,他醒了。

宫中一切如旧。但金意安在恍惚中,怀疑自己仍旧在梦中,他脚下的甬石路变成了棉花做的,踩上去头重脚轻。

春美公主衣服穿得很整齐,辫子梳得一丝不乱。

宫女嬷嬷见到金意安,躬身问安后,就离开了。

金意安在春美公主的对面坐下,她脸色苍白,眼珠儿显得格外黑,仿佛两粒黑水晶闪闪发光。

"昨天夜里我见到她了,"春美公主仰脸望着金意安,笑了笑,"那个歌伎,她跟我差不多大,也差不多高,她站在我的床边,眼睛一眨不眨地低头看着我。"

"你只是做了个噩梦——"

"绝对不是。"春美公主摇摇头,"我还掐自己来着,特别疼。绝对不是梦。她站在那儿看着我,不对我行礼,冷冷地看着我,岂有此理!"

"她不可能站在你面前,你胡思乱想——"

"她的脸和木盒里的人头一模一样儿。"春美公主用手在脖子上划了一下,"这地方还有条红线,割头时留下来的——"

金意安叹了口气。

"你做梦了——"

"我没有做梦,所有的事情都是真的。"春美公主恼了,声调一下子提高好几度,恨恨地望着金意安,"倘若我伸出手去,我肯定可以抓到她。"

"那只是你的想象罢了。"金意安更坚决地反驳,"倘若你真的伸出手,就会发现,什么也没有。"

"我可不敢伸手。"春美公主脸色苍白,眼睛下面发青,双臂抱着膝盖,"我一伸手她就会抓住我的,把我带到阴曹地府。"

"她不会带你走的,不是你杀的人。"

"是我。是我让黑衣侍卫干的。"

"不是你。"金意安说,"是我。我说的那些话激怒了你,你才做了蠢事。"

"你竟敢不用敬语跟我说话——"春美公主定定地望着金意安,举起的巴掌又颓然放下,"——你爱怎么称呼就怎么称呼吧。"

"你对礼宾侍尹大人说话,一直不用敬语。"他说。

"我是如此地没有礼貌,缺乏管教,这样,才需要礼宾侍尹大人多来指导啊。"春美公主幽幽地说。

他们沉默了一会儿，透过窗口，打量着白梨宫门口的木槿花。

"这里叫白梨宫，怎么种着一株木槿？"

"可能是因为'梨'让人想起'离'，寓意不好吧。其实我倒是喜欢梨花的，朵朵清爽，不染俗气，盛开时宛若霜雪压枝，也有气势。木槿花也是白的，却白得不如梨花那么雪压枝头，花开得那么密，紧紧地巴结在枝干上面，看上去那么辛苦，拼了老命似的，再怎么努力，黄昏难免凋落，落花倒是美丽夺目，一朵一朵地飘下来，但又难免会让人惆怅。"

金意安一直很迷惑她棋艺的出处，那种高超不只是天分能够解释的。她的从容、镇定，对局面的把握非一般人能及。王太子第一次到金意安那里喝茶时，在金意麟的提议下，两个人也下了一盘棋。王太子出手时手面很大，一看就是受过名师指导的，但走上一阵就捉襟见肘了。他若是和春美公主下，五十步以内就会输掉。金意安略微用了点儿心，在两百步后才赢了王太子。

"我很困。"春美公主用袖子遮住脸打了个呵欠，泪眼汪汪地看着金意安，"可我不敢睡。"

"你睡吧，我在这儿守着。"金意安说，"我和她认识，倘若她真的来了，我会告诉她她找错人了。"

"你喜欢过她?"春美公主问。

"心疼过。"金意安说,"年轻,有才华,却身陷花阁,命似黄连,让人悲伤。"

"她比我强,能见到很多人,聊天,唱歌,调情,"春美公主说,"我只有这么一个房间,这么一棵树。"

春美公主躺下来,也不看金意安,用手拍了拍身边的位置,示意他躺下。金意安犹豫了一下,外面阒寂无声,隔着一段距离,他躺下来。从窗口进来的阳光像一个小被子,盖在他们的脚上。

春美公主翻身滚动了一下,凑近过来,把脸埋进他的怀里,一手搂着他的脖子,另一只手的手指和他的手指叉在一起。他的下巴抵着她的头,菖蒲花的香气从头发中间丝丝缕缕地飘出来,他觉得自己被水草缠绕住了。

金意安的心跳得很快很急,和春美公主交叉在一起的手指,能感觉得到血管里血液流动的突突声。她也和他一样紧张,身子紧紧地蜷着。他一动不动,想象自己是棉花地,或者是一片巨大的叶子。慢慢地,春美公主放松开来,身体变得越来越轻,似乎要从金意安的怀抱中飘走。

他向后仰了仰头,垂下眼睛打量她——
她睡着了。

金意安对自己的平静感到惊奇。他的内心里流动着前所未有的温柔情绪，仿佛高手对决时，经过漫长的胶着状态，棋路豁然开朗，心境渐渐澄明——

他看见了玉姬，脖子上果然有条红线，她站在床边，低头看着他们俩，苍白的脸色因为怨毒慢慢变成青色——金意安吓出一身冷汗，突然醒了过来，怀里的春美公主睡得正香，他一动，她下意识地抓紧了他。

金意安抬起头，窗子是支开的，能看见庭院中的一部分景色，也能看见站在窗前望着他们的王太子和金意麟。

金意安觉得自己眼花了，晃晃头，闭闭眼，定睛再看时，窗前已经没有人了。似乎，有明黄色的衣角闪了一下。

肯定是眼花了。或者是做梦。他们和玉姬一样，不过是他的想象罢了，根本就没有人站在窗前过。金意安安慰自己，劝自己把注意力集中到春美公主的睫毛有多少根上面。春美公主的睫毛很浓很黑，像两把小扇子，她睡得很沉，一动不动。

黄昏时分金意安走出白梨宫时，宫女嬷嬷站在门口，他停住脚步，想问她点什么，又把话收住了。

走到宫门口时，年轻的内官带着笑容凑上前来，"我还以为礼宾侍尹大人刚才和王太子、按察使大人一起离开了呢。"

金意安一声不吭地上了车。马车动起来，他把头斜倚着车窗，心绪随着越来越浓的暮色，变得越来越苍茫。

金意麟穿着便服，站在木廊台上，看着金意安从门口走到近前。

"我回来了。"金意安微微躬身。他担心自己身上带着特别的气味儿，没敢朝金意麟走得太近。

"啊。"金意麟淡淡地接了一句。

两人沉默了一会儿。

"在王宫里待了一天，辛苦了。"

金意安抬眼看了看金意麟，他脸上没有表情。

"休息一下吃晚饭吧。"

"是。"

金意安往西院走时，觉得金意麟的目光让他后背发热。他忍不住回过头去，和他想象的不同，金意麟负手背对着他，盯着自己的鞋。他的身材高大挺拔，头一垂下去，背影有种说不出的落寞。金意安呆怔了片刻，才转身离去。

回到房里，金意安脱下外衣，把头埋进衣服里去，用力地嗅了嗅，他不知道是自己的想象，还是真的闻到了一股香气。他又想起春美公主蜷着身体紧紧地偎在自己怀里的模样儿，虽然不合时宜，但一阵狂喜像雷击贯穿了身体，让他颤抖起来。

他不知道春美公主是什么时候醒过来的，当时他思绪复杂，所有的线索都连起来了。访客，马车，疯子，王太子妃对王太子的不满——

"你在想什么？"

金意安低头看见春美公主黑白分明的大眼睛，吓了一跳。

"醒了？"

"嗯。"春美公主点点头，坐了起来，盯着随即也坐起来的金意安，"你那么入迷，在想什么？"

金意安有些啼笑皆非。春美公主睡了一个时辰，好像把可怕的事情忘掉了，又变成对什么都好奇的少女，神情也活泼、促狭起来。

"——想女人？"

金意安想起梦中的玉姬，"是啊。"

"真的在想女人？"

"是。"

"你竟敢——"春美公主扬手打了他一耳光，眼睛因为恼怒睁得圆溜溜的，"你怎么敢？！"

"我在想你。"金意安按住了她的手，她这个动不动就动手的毛病让他有些恼怒，脸颊上火辣辣的，疼痛加剧了他的不满。在这阵疼痛中，他的欲望像一条蛇从杂乱的思绪中探出头来，试图从他的身体中挣脱出去，扑向对面这具温软芳香的身体。

春美公主愣住了，表情飞快地变了几变。

"你好大的胆子，"她嘴还是硬的，但脸红得像熟透的苹果，"——想我？想我什么？"

金意安看着她，不说话。

春美公主被他看得慌乱了起来。

"这个房间里的声音，"他凑近到她耳边，"门口的宫女嬷嬷听得见吗？"

"如果我喊叫，当然听得见。"

"你不会喊叫的——"他抓住她的手，放在自己的身体上。

她像被烫着了似的缩回了手，叫了一声。

"你——"春美双眼圆睁，"你竟敢——"

春美公主的声音发着抖，威胁听起来更像是鼓励。金意安好像怕她说出更可怕的话似的，凑过去含住了她的嘴唇。她的嘴唇软软的，像两片花瓣，和她平时说话那股硬邦邦的劲头完全不同。

她的裙子有好几层，他的手绕来绕去的，费了好大的劲儿才找到想要找的地方。她的肌肤又滑又凉，中间浸润了太多的水分，他恍惚间觉得自己的指头又缠绕进另一匹绸缎里——



金意安洗了澡换好衣服去餐室时,金意麟早已坐好,餐桌也早就摆好了。

"对不起——"金意安打了声招呼坐下来,"我不知道您在家里吃饭。"

"是啊,在家里吃饭吃得太少了。"金意麟吩咐仆人把烧酒拿过来,"我们今天好好喝一杯。"

仆人把酒杯倒满。

"干杯。"金意麟举杯示意,一口喝掉。

"干杯。"金意安陪着喝了一杯。

仆人又把酒杯斟满。

连喝了三杯,金意安觉得酒劲儿在胃里浮动着,整个身体都变得轻飘飘的。金意安很少在家里喝酒,外面也没什么应酬。偶尔喝,也是喝米酒,突然这么一杯接一杯地喝起烧酒来,酒精在他身体里游走着,像个灵异之物,令人兴奋,也让人不安。

"我不行了。"他冲金意麟摆摆手,"我的酒量一向不好。"

"你行的。"金意麟笑着,又举起杯来示意。"谁说你不行?"

金意安明知道再喝下去要醉倒，也只能勉强再把酒杯端起来。用袖子遮住脸时，他想把酒偷偷倒掉，但只是一闪念，还是把接下来的三杯酒又喝进了肚子里。金意麟让仆人离开了，铺着五铺花纹席的餐室里只剩下他们兄弟两个。

"今日我去王宫见了王后，"金意麟说，"是关于我和春美公主的婚事。"

金意麟的话仿佛兜头泼过来的一瓢凉水，金意安清醒了不少。

"我是她的新驸马。"

"春美公主会很乐意嫁给您的，"金意安说，"她倾慕您很久了。"

金意麟笑了，就好像听到了特别可笑的谎言。

"第一次去白梨宫时，她亲口跟我讲的。"金意安迎着金意麟的目光，他忽然很高兴之前喝了几杯酒，酒虽然把他的舌头喝硬了，但也能让他梗着脖子，装疯卖傻般地把话讲下去，"她说她留下我这个礼宾侍尹大人，是因为我长着意麟君的脸。有我在，没准儿您能偶尔去白梨宫，这样，你们就有机会见面了。"

"有这样的事儿？"金意麟笑了笑，"你怎么不早说？"

"那时候驸马——我是说当时右领相大人的儿子与春美公主有婚约约束，虽然春美公主身份尊贵，但也不能为所欲为。"

"说得对。"金意麟说,"谁都不能为所欲为。王太子,春美公主,我,还有你。"

金意安端坐着,没来由的,他想起以前在"无花"时,跟玉姬共度的第一夜,他满脑子里面转着玄鹤,玉姬偎在他怀里,跟他情话绵绵,那些话他没认真听过,但现在却忽然浮现了出来,"我不求你爱我,我只求你让我爱。"

"今天在白梨宫,吓了你一跳吧?"金意麟问道,"不过,你也把我吓得不轻——我没想到你和春美公主会这么亲近,简直是——"

金意麟含住了下半句话,喝了杯酒,面沉似水。

金意安头皮发麻。今天发生的事情太诡异太凑巧了,难道是冥冥之中,玉姬的魂灵在耍弄他和春美公主?

"您相信世间有鬼吗?"

"鬼?!"金意麟疑惑地望着金意安。

"就是与右领相大人的公子相好的歌伎玉姬,"金意安说,"这几日她得经受多大的冲击啊,先是右领相大人的公子死在她房里,然后她自己被黑衣侍卫带走,抹了脖子——"

"这种女子,命如芥子,多想无益。"金意麟有些不耐烦。

"春美公主派黑衣侍卫取了她的命,整夜睡不着,老梦见玉姬站在床边盯着她看。"

"那只是她的想象罢了。"

"我也是这么说的。今天下午在宫里睡着了,我也梦见那个女人了,和春美公主说的一样,脖子上面有一条红线,好像割头时留下的痕迹。她站在我们身边,盯着我们看。"

"真荒唐。"金意麟笑了。

"很荒唐,但是真的。"金意安望着金意麟,"我被吓醒了,然后就看见您和王太子。"

"我们是从王后的宫里出来,"金意麟说,"王太子说,去春美公主那边转转,下一盘棋——"

金意麟又把酒满上,冲金意安示意了一下。

金意安举起酒杯示意,一口喝下去,烧酒像一小团火,"咕咚"一声落到胃里。


雨季说来就来了。

眼下是夏末秋初,地气积聚了一整个夏季的烈日炙烤,憋足了一股劲儿,散发出热烘烘的气息。这时候的雨,性情暴烈乖戾,风也急骤,雨丝扫在青石板上面发出的声音听上去令人心惊。在雨水的湿气中间,夹杂着一股阴冷之气。

每一场雨后,都有一批竹叶被扫落在地上,几场雨过去,地上便铺了厚厚的一层。与此同时,新生出来的竹枝疯长着，飞快地从根部蹿起来，犹如借助风势扬起的火焰。

金意安觉得自己也像一根竹子，心是空的，但思绪却如那些疯长的竹枝，因为找不到重点，更加急迫地飞蹿着。

金意安倒情愿这时候下雨。

至少庭院不那么空落落的了。

春美公主派内官召过他几次，都被他以染了风寒为由推托掉了。

春美公主跟金意麟的婚期定在中秋时候，花好月圆。金意麟的身份更尊贵了。虽然有女儿待嫁的贵族人家极为失望，但朝廷各股力量都加大了对金意麟的巴结、讨好、笼络。蒙古人的态度越来越强硬，大兵压在国境线上，战争一触即发，像金意麟这种能文又能武的官员，是国家危难时期最可依仗的人才，连国王也对他格外看重。

王太子时不时地登门造访，有时是自己，有时候是几个官员一起，金意麟会让金意安过去为大家煮茶，他看着他们纵论时事，有的主战，有的主降，争得一塌糊涂，面红耳赤。争辩的焦点最后总会落到金意麟身上，他盯着自己身前的茶桌，仿佛能从眼前的茶杯里面，看见即将到来的烽火。

王太子的目光落在金意麟身上，灯光下面，他面色苍白，目光潋滟，像是春美公主披了男装坐在那儿，让金意安忍不住老去看他。有几次，他的凝视被接住了，王太子的目光转向了金意安。

金意安即刻低垂了眼皮,心跳不已。

浑浑噩噩地过了许多日子,一天傍晚当春美公主出现在金意安的面前时,他还以为自己在做梦。

送她过来的两个仆人施过礼后离去,他们目光里的疑问让金意安意识到眼前发生了多么怪异的事。

"外面传说意安君得了极重的风寒,性命危在旦夕。"春美公主脸绷得紧紧的,"我倒不相信,非得亲眼来见识一下不可。"

"您怎么——出宫的?"金意安腿都软了,一时站不起来。

"我让意麟君带我出来的。"春美公主把斗篷脱下来,难掩得意之情,"你们府邸的仆人认错人了,刚才尊称我为王太子殿下呢。"

"那兄长——"

"他在自己房里,让仆人送我过来的。"

金意安的心像一只鸡蛋磕在石头上,碎得心汁四溅,他打量她身上的男装,不知道这时候该哭还是该笑。

"你呆呆地看着我是什么意思?!"春美公主见金意安不

说话，发起脾气来，"你真的生病了吗？神情这么奇怪？！"

"请进来喝杯茶吧。"金意安叹息一声，起身往房间里让春美公主。

春美公主面色不悦，但走进房里，四下看看，脸色也开朗了，"你的房间这么素朴清静，像间僧房。"

金意安让两扇门开着，进到房间里来。

"他们说要打仗了，蒙古国在边疆囤积兵力呢。王宫里人心惶惶的，父王身体欠安，担惊受怕，他的头发白了好多，"春美公主叹息一声，"所有的事情都仰仗着母后和王太子哥哥操心——"

春美公主看着金意安，"你为什么不进宫去见我？"

"您棋艺精湛，无须教授。"

"可以教我别的。"

"婚期将至，您得抓紧时间缝制新的婚服。"

"没那个心情了。"春美公主苦笑了一下，"如果真的发生了战争，婚礼能不能举行都不知道呢。"

"会顺利举行的。"

两个人沉默了一会儿。

水烧开了，金意安拿起水壶，冲洗、暖热茶具，冲了一杯茉莉香片，放到春美公主的面前。

春美公主盯着他的手指，轻轻叹息，"你可知道我费了多大的周折才能出宫？"

金意安点点头。

春美公主把茶杯拿到嘴边，还未喝茶，泪珠从脸上滚落下来，落进茶杯里。

"我很高兴能嫁过来，这样，我就既可以跟意麟君在一起，也可以跟意安君在一起了。"春美公主喝了口茶，笑笑，"以后，你可以教我下棋，还可以教我冲茶。"

金意安没说话。

"你又要骂我轻佻了吧？"

"你是很轻佻。"金意安叹了口气，说道。

"轻佻的女人很让人讨厌吧？"她瞪圆了眼睛。

"是啊，"金意安说，"你这么轻佻，又是我兄长未过门的妻子，我不知道该如何对你才好。"

春美公主脸色发白，霍然起身往外走去。

金意安想也不想地伸出手去，她的一只脚刚好抬起来，他用力一拉，她站立不稳，朝着他的怀中歪倒了。

金意安在急切之间，找不到春美公主衣服上的系带，把她的一件内衣撕坏了。她叫唤了一声。金意安浑身发抖，身体里面的河流冲破堤坝，四处蔓延——他在春美公主的身体里恣肆奔跑时想起——

刚刚为了避嫌，两扇门还是拉开的。

"你会遭报应的。"他对自己说。

直到他们整理好衣服,重新在茶桌前落座,整个府邸里面,沉寂无声。

"茶冷了,倒更香了。"春美公主喝了口茶,"我回去就去找母后,我要嫁给你!"

"求求你。"金意安后退了一步,双膝跪坐,"就保持现在这样,婚期到的时候,嫁过来!"

"嫁过来?"春美公主看着金意安,"我们就这么生活在一起?!"

"你刚刚不是说,这样很好吗?"

春美公主把杯里的残茶朝金意安泼了过来。

"今天,还有那天——"金意安用手抹了把脸,"就当是梦吧。"

"你说的这是什么鬼话!"

"答应我,别跟王后、王太子殿下,还有我兄长,说任何事情,就这么嫁过来,拜托拜托!"

正是一天之中最热的时候,春美公主面覆寒霜,转身离去。

金意安坐着,听着她的脚步声一直走到东院。

第二天,金意安趁着仆人未起床时,把连夜收拾好的几样简单的东西捆好,把一封信放在茶桌上,走出了家门。

空气沁凉,雾很大。他在集市上等了半天才见到人影。他雇了马车后立刻上路,在官道上奔波了一天半,又花了半天的时间爬山。到达离俗寺时,他站在寺门回头看身后,层峦叠嶂,山间小路如蛇线,时隐时现,夕阳宛若一件华丽的大氅,飞扬在西天上。

红尘万丈啊。泪水模糊了金意安的视线。

水心大师是个枯瘦的老人,和颜悦色,穿一身洗得发白的僧服。每天吃过午饭,他在桌上铺开纸,用细细的笔勾画棋谱,勾着腰埋着头的样子像一只虾。金意安纵然心情低落,也忍不住露出微笑。他在寺院待了快一个月,水心大师还从未与他对弈过。

金意安按捺不住寂寞,追问过几次,水心大师微微一笑,"再等等。"

"等什么呢?"

"等你身上的火气熄掉。"

水心大师身上所有的东西非老即旧,但眼睛却极有神采,清澈、锐利,不像上了年纪的人。金意安觉得自己一眼就被水心大师看穿了。

离俗寺的院中有一株罕见的朱槿,据说已有三百多年了。如今花期已过，黄昏时分金意安打量着朱槿，想象整个夏季，每天黄昏时分木槿花飘落时艳如血滴的情景，那该多么令人惆怅啊。

中秋过后，战争的消息传到了离俗寺。

僧人们除了每天的功课外，晚课加上了《地藏菩萨本愿经》的诵读。金意安完全融入了寺院生活，每天早课晚课，平日里生火做饭。山里面天气寒凉，寺内饮食清淡，他和僧人们一样早早穿上了棉服。

一开始不熟悉经文，金意安读得磕磕绊绊的，但时间长了，就读得流利起来。每日夜间诵读，读到回向文："愿以此功德，庄严佛净土。上报四重恩，下济三涂苦。若有见闻者，悉发菩提心。尽此一报身，同生极乐国。"金意安格外虔诚，他相信地藏菩萨是真实存在的，也希望金意麟在危难时刻，能借助大无边佛力转危为安。

每日午后，水心大师找他下棋。

水心大师每次走的开头都相同，但走着走着就不一样了，每一次，金意安都输。

"输就是赢。"水心大师点点头，好像金意安的输是他必做的功课。

又过了一段时间，王宫里的黑衣侍卫天兵天将似的，出现在离俗寺。

"留下来，"水心大师说，"才是你能做的最好的事情。"

金意安决定离开，金意麟战死沙场，生灵涂炭，国破家亡，他如何能躲在离俗寺里苟活。

水心大师送他到寺外，把一串紫檀佛珠放进他的手里。

他站在寺门口往外看，山中秋色已到尾声，仿佛一场巨大的山火烧到了尾声，一些红色褐色黄色的叶片在风中飘荡，灰烬似的。

"今生缘尽。"水心大师微笑着说，"多保重！"

金意安带着佛珠，跟着黑衣侍卫们踏上归途。没有人告诉他他们是如何找到他的，也没有人告诉他战争具体的情况。黑衣侍卫们沉默是金。

事情是金意安回到家后，陆陆续续听说的。

关于即将到来的战争，按察使金意麟是最早，也是最坚定的主战派代表。

"大人每天天不亮就起来练功，"管家说，"疯了似的。"

"按察使大人从一开始就主战，"王太子说，"虽然他也知道，此战胜少败多。但他说，拼命一搏，虽败犹荣，子孙后世会以我们为傲；不战而降，尊严何在？死亡倘若是不能避免的，他选择站着死。"

金意安能想象出自己的兄长挥舞语言的枪戟所向披靡的风采，他在文武两班官员中间走动，话语从他的嘴里迸发出来，变成了发热并且能熠熠闪光的东西。

管家说那一段时间，金氏府邸里灯火辉煌。门前的车马排成了一条河。主张迎战的武官和文官们集聚一堂，高声的议论常常随风传到围墙外面。

王太子每夜必到金氏府邸，许多官员是冲着他才变成金意麟的拥护者。进出府邸的官员们目光炯炯有神，谈笑风生。他有种错觉，即将到来的似乎不是战争，而是一个盛况空前的节日。

但夜深人静时分，众人喧哗着离去后，王太子忧心忡忡，经常以泪洗面，恳求金意麟不要去做鸡蛋碰石头的蠢事。

"生，又何欢？死，又何惧？"金意麟笑着回答。

"全国上下，都恐惧这场即将到来的战争，只有意麟君不是。"王太子说，"他的梦想是光耀门楣，流芳千古。复兴家族，他做到了，虽然没有到达极致；流芳千古，可遇而不可求，他遇到了这场战争，他把战争当成了机会。为了名垂青史，他把你，把春美公主，把我，统统抛弃掉。"

王太子掩面哭泣。

出征当日,金意麟如愿获得武官身份。他把盔甲披挂整齐,英姿勃发、神采飞扬。

"当时我就知道,他不会活着回来了。那是我们的诀别。"王太子说。

金意麟带领着国家最精锐的部队赶赴前线。其他的兵力也在加紧训练之中。除此之外,全国十六至六十岁的健康男子都被强行征募,很多人还未学会像使用称手的农具那样把武器运用自如,就尾随在官兵后面奔赴战场了。

战争失败了,比预想的更快、更惨烈。虽然蒙古军也损失惨重,但他们常年征战,经验丰富,人马和补给源源不断。金意麟率领的精锐部队一度把他们逼回了边境之外,但他们卷土重来,两方阵营短兵相接,从夜里打到天明,火光冲天,金意麟让一半精锐部队回撤,保存实力,他带着剩下的一半死士,以身殉国。

他的尸身被送了回来,残损不堪。

"太可怜了。"管家痛哭流涕,用手捶着木廊台,"我不相信那样的一个人,会变成这个样子。我不相信,哪怕是现在,我也不能相信那堆像是烧焦了,又被刀砍得乱七八糟的一截——身体,就是我们家主人,不可能的,他们肯定是抬错了,战场上经常发生这样的事情不是吗?我们家主人也许没死,逃进了深山,过一段时日就回来了——"

话是这么说。管家还是带着家里另外两个仆人把金意麟安葬在祖坟。按着官阶，新坟比父母的坟墓修得大，更加有威仪。国王追授了金意麟"护国将军"的谥号。

金意安回想起自己在寺院里，诵读《地藏菩萨本愿经》后入睡，梦里常常出现各种衣饰的人物，他们在他眼前转，有的若有所思，有的喃喃自语，有的形同陌路，按水心大师的说法，"都是有缘人"。有一天他遇到了父母，父亲愁闷叹息，母亲却是牙牙学语的女童，追着一只蝴蝶蹦蹦跳跳，金意安在梦中一时不知如何称呼他们。但他从来没遇到过兄长，他因此而坚信兄长在世。但现在，是不是兄长哪怕过世，也不想再见他呢？

从墓地回到府邸的时候，天已经黑下来了。房子黑沉沉的，犹如一只会喘息的巨兽。金意安在东院转了转，走上木廊台，顺着敞开的窗子往书房里面一望，不觉毛骨悚然，书房里有人身着白衣坐着喝茶，不正是金意麟？

他的手在哆嗦，拉了好几下才把拉门拉开，房间里哪里有人？只有一簇白菊开得正旺。这种在晚秋开放的菊花花枝高挑，花盘很大。厨房里干活儿的一个妇人把几盆早就过季的菊花养得生机盎然，有的供奉在金意麟的灵牌前面，有的随意放在哪个房间。

国王一息尚存，但已朽如枯木，心如死灰。国家大事交给王后和王太子，几位重臣天天在王宫见面，商讨国王让位王太子事宜。

"父王见战事惨重，很后悔当初没有直接投降。他生意麟君的气，连我也成了他的眼中钉，他受了几个老臣的蛊惑，说我和意麟君等几个人结党，想借战事废掉当今殿下，其心可诛。也是天不绝我，父王忧惧过度，中风了，母后把消息封锁住，借助家族的势力，力挽狂澜，务必要把我扶上大位——"王太子的脸在灯光下，更显苍白，这场战事让他原本瘦弱的身体更加消瘦，身着冬衣，还是身影单薄，他挥舞着空荡荡的袖管，"倘若意麟君能回来，我宁可不要这三千里江山。"

王太子来的时候就已经醉了，见到金意安时，一把抓住了他的手臂，"意麟君——你回来了？！"

眼泪从他的脸颊上奔涌而下。

"殿下，"金意安鼻腔也变得酸楚，他躬身施礼，"好久不见。"

"幸好白天烧了火炕。"管家帮着金意安把王太子扶进东院，"我去准备点儿酒菜，还有醒酒汤。"

王太子不吃任何东西，只要酒。他在房间里面四处走，不停地喝酒，不停地说话，时而清醒，时而混乱。

"春美公主——"趁着王太子清醒时，金意安问。

"对，没错儿，一切都因春美而起。"王太子挥舞手臂说，"女人都是祸水。"

"发生了什么事？"

"春美跟着意麟君来过这儿，"王太子环伺室内，"他们有个秘密，以为别人永远不会察觉，结果，那个秘密在春美的肚子里，一天天地大起来了。"

"您——说什么？"

"听不懂？"王太子笑了，他的双手在自己的肚子前面画了个弧形，"春美还未出嫁，就克死了两任驸马。现在，肚子里还藏了个孩子。本来母后要替她处理掉的，她死也不肯，绝食了好几天。母后现在也不管她了。"

"王太子殿下——"金意安跪倒，"我可以成为春美公主的新驸马吗？"

王太子站着，好像没听懂他的话。

"让我做什么都可以，"金意安说，"——求您成全。"

王太子没有声响。

金意安跪了半天，抬起头看着王太子。

他站着，身体被视线拉长了，他低头看着金意安，耳语般地反问："你能成为我的意麟君吗？"

金意安进宫的前一天夜里下了这个冬天最大的一场雪。早晨他站在屋前，看着外面，大雪覆盖了一切。世间没有任何粉墨能比得过天地的倾洒。金意安换好了官服，这套三品文官的官服曾经穿在兄长的身上，早上管家帮他换上官服时，背着他，用手背抹了两把眼泪。发现金意安盯着自己时，"我是高兴的——"管家红着眼圈儿解释。

马车行走在雪地上，发出"咯吱""咯吱"的声音，天气很冷，金意安手脚都冻僵了。下了马车，他朝那株木槿树望去。树上压着新雪，像一位中国古代诗人写的：千树万树梨花开。

白梨宫门口有两个宫女等候着，不知道是不是去年的两位。宫女们的服饰发型都一模一样，即使有心，也很难区分她们谁是谁。他走到近前时，她们朝他鞠躬，声音清脆地说道："按察使大人！请这边走。"

金意安跟在她们后面，她们的裙子像倒扣的花苞拂过已经清扫过的石板甬路，裙裾边儿上沾上了雪沫。

他们穿过一个庭院，走上几级台阶，沿着木廊台又走了一段路，在一间房门前停下了脚步。

门前，宫女孅孅独自站着，耳朵和鼻头冻得有些发红，金意安走过去时,她深深地鞠躬,几个月不见,她的头发完全白了。

"您终于来了!"她抬起头时,脸上泪水纵横。

"辛苦了!"金意安冲她点点头。

宫女嬷嬷掏出手帕擦了擦眼睛,替他把门拉开,朝里面挥了一下手臂,"您请进——"在他进门后,她替他在身后拉上了拉门。

温暖的气息扑面而来。

金意安往前走了几步,迎面是一个屏风拉门,金色底,上面绣着玉兰树,月亮是蓝色的,绣了个银边。他把拉门向两边慢慢地拉开——

在房间深处,阳光从窗口斜照进来,形成一小片光区。春美公主坐在光区中间,白衣白裙,外面罩着同样白色的丝绸夹罩衫,头发像已婚妇人那样盘成了发髻,她目光温柔地看着一步步走到近前的金意安。

"他来了!"她微笑着,轻轻拍拍自己的肚子,"我不是早就说过吗,他会来的。"

春美公主朝金意安仰起头来——

整个人,皎如玉树。

# 乱红飞过秋千

越来越多的陌生脸孔出现在南原府。这些年轻人大都拥有与他们的年龄不太相称的严肃表情。佩剑的少年就更特殊些,看上去像司宪府专门进行暗访的官差。他们在城内转来转去,吊足了南原府人的胃口,最后才吞吞吐吐地泄露了此行的秘密。原来他们是受了盘瑟俚艺人的蛊惑,专程来拜会香夫人的。

"啊,原来如此!"

南原府人一颗心落了地。同时,意识到香夫人的传奇故事已经越走越远了,不只远到了他们的双脚没有走到的地方,还远到了他们的头脑没有想象到的地方。而这些外地人的出现,无疑又给本地的盘瑟俚艺人和写逸闻传记的书生们提供了新素材。所以大家都说,在南原府的空气中,只飘荡着两样东西：

香夫人的名气和流花米酒的酒香。

宫廷乐师就是在这样一种氛围中回到南原府的，也正是他，为香夫人创作了那首后来被广泛引用的时调：

> 梨花月白，银汉三更，一枝春心。
> 唯有子规知情。
> 喂肥绿耳霜蹄，洗净溪边，飞身上马
> 砥砺龙泉雪锷，系紧腰间，一刃横插。

长久以来，大家一直对香夫人怀有敬仰之心，虽说她没正式出嫁就生了孩子，但那个男人可是汉城府来的贵族公子，更别说他那让全南原府的女人神魂颠倒的相貌了。香夫人被男人抛弃之后没像别的女人那样哭哭啼啼，头不梳脸不洗，弄得人不人鬼不鬼的，说来也怪，她比做姑娘的时候美艳了许多，明丽照人。曾经有一个风度翩翩的三品官从香榭出来，离开南原府前，到流花酒肆喝了几碗流花米酒。全酒肆的人都拿相新姑爷的眼光打量着三品官，私下议论这位会不会成为久驻南原府的贵客。三品官在所有人的视线中，他的视线却不知道在虚空中向着谁，丢了魂儿似的，一会儿微笑一会儿叹息，连加了几次流花米酒，最后一碗酒，他酒醉的胳膊已经端不起来了,他用指头在酒里画像,然后盯着那碗酒,轻声喟叹:"狐狸精啊。"

这话立刻传遍了大街小巷。流花酒肆的老板试图让别人相信,是他的米酒让三品官欲罢不能,五迷三道。他的流花米酒是酒中奇品,是女人中的女人,是比香夫人更神奇的狐狸精。结果他差点儿被南原府人的嘲笑声淹死。

"香夫人毕竟是香夫人",南原府人几乎每天都要这么感慨几声。不停地有男人去香榭拜访她,每个能被请进门去的男人要么有吓死人的来头,要么有吓死人的财富。男人们都被香夫人弄昏了头了,南原府也被香夫人弄得不知东南西北了。多亏了宫廷乐师,他的时调让南原府人恍然发觉,说来说去,香夫人和花阁里的女子们也没什么两样儿嘛,都是人尽可夫的货色。


宫廷乐师是因为眼睛生了白翳才告老还乡的,这个骄傲自大的艺人回到故乡以后,发现根本没人在乎他曾经在王宫里待过二十年的显赫经历。大家的注意力全都集中在一个叫香夫人的身上。

宫廷乐师年纪大了,他不想在任何一个女人身上白花钱,比较起肌肤相亲,他更中意流花米酒对他胃肠和精神的温柔抚慰。

有一天,宫廷乐师在流花酒肆见到一个少年,从装束上看,他即使不是贵族子弟,也肯定是有钱人家的孩子。乐师尽管老眼昏花,也仍旧能从慑人的华彩剑光中,看出少年手中握着的是一把宝剑。

少年一手端着酒杯,一手用这把宝剑在酒桌上乱写乱画。没有一个人上前劝说,或者试图阻止他的行为。少年画写够了,用剑把桌面像削树皮那样削了下来。然后他喊伙计结账,扔下的银子粗略一看也够买十几张桌子的。

"香夫人就像个金夜壶,"宫廷乐师对坐在身旁的一个酒客感慨,"连这种毛儿都没长全的小家伙,都想对她脱裤子。"

正往外走的少年顿住脚步,扭头找到说话的人,右手执剑,如飞起的白鹤般朝宫廷乐师刺了过来。

当时是上午,酒肆刚开门不久,酒客们大多还头脑清醒。几个机灵些的人扑上前去拉住了少年。宫廷乐师听见声音回头一看,剑尖只差半尺就要刺进他的胸膛。

少年被人劝解着拉下楼去,他在楼梯口回过身来,甩掉按在他肩头的几只手,用剑尖指着宫廷乐师说:"你的舌头像花园里的杂草,早晚会被人割下来。"

他的眼珠黑漆漆的,纯净而又冰冷。

宫廷乐师不知是气还是怕,浑身哆嗦了好长时间,连喝了三大碗米酒压了惊,才能重新开口说话。

"这个家伙是从哪里来的,谁告诉他可以这样对待一个在王宫待过二十年的乐师?"宫廷乐师把桌子拍得嘭嘭响,"无法无天!真是无法无天!"

那天下午宫廷乐师开了好几坛酒,自己喝,也请别的酒客们喝。第三坛酒拍开泥封后,乐师把酒肆挂在墙上当作装饰物的一面小鼓拿了下来,客串成了盘瑟俚艺人,说唱起故事来。他把这些年来在汉城府听说过的风流韵事、奇谈怪闻,编成故事说唱起来,故事里的小丑、恶人、贪财鬼、下贱胚,统统称作"香夫人"。

宫廷乐师的说唱受到了热烈的欢迎,从此以后,他一发而不可收,每天中午都要在流花酒肆来上一段儿。流花酒肆的门前人潮涌动,许多下田种地的男人会在中午时分赶到流花酒肆,一边往嘴里塞饭团儿,一边听宫廷乐师说唱故事。

一个月后的某天夜里,宫廷乐师失踪了。他的家人找了好几天,最后在山中发现了他。宫廷乐师被人绑在一棵枫树上,头顶上方,他的舌头皱皱巴巴地被一颗大银钉钉在树身上,要不是他那个心细如发、对金银尤其敏感的儿媳妇,大家还以为那是一片枯树叶呢。宫廷乐师追求了一辈子的体面,临终时却一丝不挂,他的全身上下涂满了蜂蜜,蚂蚁密密麻麻地覆盖着他,仿佛他身上穿着一件自己会动的衣服。

城春草木深

宫廷乐师的家人把体无完肤的亲人放到了担架上面，那个干枯的舌头连同钉着它的银钉从树上被拔下来后，放到了他的嘴边，冷眼一瞧，好像是宫廷乐师自己恶作剧，从嘴里吐了什么东西出来了似的。

宫廷乐师的家人在中午集市交易最热闹的时候从谷场上穿行而过，抬担架的四个男人鼻孔里塞着棉花球，表情严肃。跟在后面的几个女人把头埋进胸前，用手捏住了鼻子。她们的哭泣声因此而增添了很多起伏。

谷场上的人们涨潮般从道路两边涌过来，跑得最快的那些人到了宫廷乐师的身边后返身想退回去，但后面的人群早已组成了人墙，挡住了他们的回头路不说，还像波浪一样把他们不断地往尸体的方向冲挤过去。

很多人忍受不住尸臭，跪在地上呕吐起来。

宫廷乐师的家人在夹道的行人形成的胡同中间，声势浩大地一直走到南原府官府大堂的门口。两个男人轮番敲惊堂鼓，鼓敲到第五番时，侍卫官兵才把他们带进去。南原府使大人坐在桌子后面，打着呵欠。抬进来的尸体让他皱起了眉头。

"这个就不必抬进来了吧。"

"这可是在王宫里尽职尽责地做了二十年的乐师啊,"宫廷乐师的家人气愤地说,"他演奏了多少让国王都感动得流下泪水的美妙音乐啊。"

"说的好像你参加过王宫宴会似的——"南原府使大人哼一声。

"乐师大人告老还乡,竟然得了这样悲惨的下场,人神共愤,"宫廷乐师的好几个家人抢着说话,"大人,您一定要过来亲眼看看尊贵的乐师被糟蹋成了什么样子。"

"活着的人虽然是千姿百态,死去的人却都差不多少。"南原府使大人坐在堂上皱起了眉头,命左右两边的差人扇起了扇子。

"味道真是够呛啊。"府使大人说,"先把他抬出去吧,这么重的味道,弄得我没法儿听清你们说什么。"

官差们招来抬担架的雇工,让他们把乐师先抬到门口放着。

"都是香夫人那个贱人做的好事。"宫廷乐师的家人说。

"香夫人吗?"南原府使沉吟了一会儿,"一个女流之辈,如何能做出这等事情来?"

"即使不是她亲手行凶,也是她在背后主使他人做的恶事。"

"他人又是谁呢?可有证物?"

"乐师在王宫里二十年——"宫廷乐师的家人呆怔了片刻,"他的音乐才能得到两位主上的欣赏——"

"好了,"南原府使笑眯眯地打断他的话头,"乐师生前是在王宫司职,一待就是二十年,何曾有幸。你们是想要我上书国王,为他追加哀荣吗?"

"我们要求大人法办凶手,以慰亡灵。"

"这个自然,"南原府使双手撑着桌面站起了身子,看了看左右差人,"那么,你们就辛苦一下吧,查查是哪个胆大妄为的,竟敢加害——连主上都欣赏的宫廷乐师。"

左右差人刚应了一声,宫廷乐师的家人就高声叫了起来。

"凶手的身份不查自明,分明是香夫人报复杀人。"

"香夫人为何要报复杀人呢?"

"乐师曾经在流花酒肆说唱过一些故事,香夫人做贼心虚,以为乐师在影射自己,故而报复。"

"乐师在王宫司职多年,怎么会干出盘瑟俚艺人的勾当?他说唱的故事与香夫人又有什么关系?说起流花酒肆,我倒听说过有一个佩剑少年曾与乐师起过争执,而且说了些和舌头有关的话吧。"南原府使想起什么,自顾自地笑了笑,"这个少年是香夫人的爱慕者,这个年纪的年轻人,正是为了爱情不顾一切,天王老子也敢拼命的心情吧。你们去查查这个年轻人留下什么线索没有。"

"他一个月前就离开南原府了，"宫廷乐师最年轻的侄子冷笑了一声，"现在查他，不是大海捞针？"

"所以说嘛，你们不要以为官差好当，"府使大人说，"大海捞针啊，你们想想，那有多么艰难。"

"大人不要再说笑了，"乐师的儿媳妇跳了起来，"大人如此袒护那个不要脸的贱人，不就是因为跟她不清不白嘛！"

府使大人的笑容僵在脸上，他盯住出口不逊的两个人，手从桌面上撤回，身子懒洋洋地向后一仰，重又坐回到椅子中去，慢慢说道："你倒说说看，我是如何跟她不清不白的？"

"叔叔失踪以后，我们白日黑夜地寻找。在他失踪的第二天晚上，香夫人——那个贱人的马车曾到过大人官邸的偏门，她家的马车是花梨木打制的，拉车的两匹马毛色像白缎一样，即使在黑夜里也认得出来。我亲眼看见有人从车上抬下去一个大箱子后，马车就离开了。天亮前我从偏门经过，又看见香夫人的马车停在那里，有一个披着斗篷的人出门后，被马车拉走了。"

"你从宫廷乐师那里得了说唱盘瑟俚的真传了吗？故事编得有板有眼的。"府使大人笑了，"香夫人的马车，坐的就一定是香夫人？披斗篷的人你看见了她的脸吗？"

"不用看见也知道是她——"

"南原府天天都在说香夫人，尤其是这位乐师大人，"府使大人说，"但真正见过香夫人的人又有几个？"

"大人这是想搅浑了水，放跑那个贱人吗？！"

"祸从口出。"府使大人盯着乐师的儿媳妇，"想想你的乐师公公，如果不是他在流花酒肆胡言乱语，他会有今天吗？"

"我是——"乐师儿媳妇的目光退缩下来，"总不能让乐师白死吧——"

"那是，人命关天！"府使大人看了看下边分左右两排站立的官差，"最大的疑犯是在酒肆里和乐师口角过的少年，你们想办法把他缉拿归案。"

府使大人把话扔下，退堂走了。

官差们为了追捕那个少年，寻找他的线索，整天泡在流花酒肆里。乐师的家人抗议过几次，官差们说，那个少年如此倾慕香夫人，一定会回来的，他回来难免要到流花酒肆来喝上一杯，那时候，他们立刻就会把他缉拿归案！


宫廷乐师的家人从官府里得不到满意的答复，便把乐师抬到了香夫人家的门口。他们做了一个足有三人高的木架子，上面铺上藤条，把宫廷乐师放上去。乐师已经烂成了泥，成了苍蝇和蛆虫的乐园，十几个口尖舌利的妇人被雇用了来，她们用棉花塞住鼻孔后对着香榭的大门高声叫骂。到了夜里，他们把尸体丢下，各自回家睡觉。

乐师儿媳妇的想法是，这种味道和谩骂会让香榭鸡犬不宁，香夫人不拿出一大笔钱来，这事儿没完。

不知道是谁，在第三天夜里，把宫廷乐师移送到了南原府官邸的门前。乐师散发出来的气味把整个南原府都熏臭了，苍蝇像块黑色的毛毡铺在担架上面。孩子们在半夜里惊醒过来，哭叫不休，吐个不停。与此同时，一个和瘟疫有关的流言行走在南原府的大街小巷中，巨大的恐慌笼罩了南原府。

死去的宫廷乐师和他活着的家人成了最不受欢迎的人，全南原府的人都在数落他们的不是。香夫人得罪谁了呢？一个依仗着自己的美貌讨生活的女人，已经够可怜了，宫廷乐师还要编排那些故事中伤她。宫廷乐师的家人也是欺软怕硬，不敢找那个佩剑少年的麻烦，就去欺负弱女子，真够不要脸的。

宫廷乐师死得活该，死后曝尸在光天化日之下，烂成一团肉泥更是活该。现在连瘟疫都要流行了，真是作恶多端啊。宫廷乐师的家人在众怒之中变成了过街老鼠，根本不敢往尸体前面凑。最后，他们只能眼睁睁地看着官府的公差指使几个穷酒鬼，抬着担架，把尸体扔进了深山。

事隔几月，有人自山中归来，说是看到一副被蚂蚁蛀空的人骨架，风一吹，骨头咣啷咣啷响，好像宫廷乐师在说唱盘瑟俚似的。

两年以后，当时的南原府使大人调任回到汉城府，在司宪府充任一个闲职。在一次酒会上，男人们说起风流事，话题扯到了南原府的香夫人身上，前任南原府使提到了宫廷乐师被杀一案。

"宫廷乐师的侄子说的是真的吧？"有人问，"那天晚上，香夫人确实到过您的官邸吧？"

"是有人来过，但不是香夫人。来的是全州名伎金飘。"

"我知道金飘，"有人插话说，"据说她可以在盘子上面跳完一整支动动舞。"

"的确是个轻盈的女子，"前任南原府使的眼光一时有些迷乱，"像只画眉一样动人。"

"香夫人用艺伎而不是自己的美色来贿赂您吗？"

"金飘只是来告诉我曾经发生在流花酒肆里的事情，还有在宫廷乐师失踪的三天里，和香夫人在一起的人是谁。"

"这种伎俩，您当然不会相信的。"有人笑起来。

"相不相信，"有人反驳，"要看话怎么说了。"

男人们全都纵声大笑。

"金飘是怎么跟您说的,我倒也很想听听呢。"前任南原府使大人就寝时,夫人一边服侍着一边提起酒宴时的话题。

"她说什么,我都忘记了,反正也不值得一提。但是第二天早晨那个女人离去以后,我发现了那个抬她进府的箱子。"前任南原府使的脸上露出暧昧的笑容,"前一天夜里,金飘就是坐在这个箱子里被抬进我的内室来的。当时我感到很奇怪,一个箱子用了四个年轻男人抬,怎么还把他们累得气喘吁吁的?而且,倘若金飘想掩人耳目,身上披一件斗篷就可以了呀,何必要大张旗鼓地支使别人抬她进来呢?"

"箱子里还有别的奥妙?"

"是箱子本身。"前任南原府使微笑着,"早晨天光大亮时,我发现那口箱子是纯金打制的。"

夫人怔住了。

"这个女人竟有如此心计!"她皱起了眉头,"那依您之见,她知道不知道凶手是谁呢?"

"要说有凶手,那也是老东西老糊涂了,自己找死。"前任南原府使噘起嘴唇,轻轻地吹着茶叶,慢悠悠地说道,"在王宫待过几年就了不起了?!强龙还不压地头蛇呢,何况他?"

夫人笑了,"不是说得了眼疾嘛,难怪这么不识相。"

# 引　子

在南原府人的记忆里，翰林按察副使大人是一个相貌出众、喜欢穿白色长衣的年轻人。他是在官吏每隔五年的例行调任中，来到南原府任职的。

翰林按察副使大人性情高傲，脸上鲜有表情，更别提笑容了。南原府这个小地方让他无比厌倦，地方官员想尽办法讨他的欢心。他的手上总是把玩着一把金制扇轴的合竹扇，把别人的嘘寒问暖挡在了扇子的后面。大家日后回想起他时，最先提起的不是他的俊俏长相，也不是风流倜傥的身段，而是白底洒金的扇面上，画着的一丛妖娆的描金牡丹花。

到南原府后的一个月，端午节那天，翰林按察副使大人换了便装，戴顶黑笠，独自去谷场闲逛，遇见了一个身有异香的女子。

女子窈窕的身影轻盈地闪动在来来往往的行人中间。翰林按察副使大人跟在她的身后，他看不见她的脸，却发现和她相对走过，又恰巧朝她脸上看过的人们，全都着了魔似的停下脚步，有些人嘴都来不及合拢，一味地用目光尾随着她，脖子几乎扭到后背上去了。

谷场旁边有一个树林，从里面的小路穿过去，可以走到女子们荡秋千比赛的地点。她头也不回地径自走进了树林。尾随而来的翰林按察副使大人站在树林边上，眼看着一道淡青色的光影，在树与树之间，绕得越来越远，泅进一片绿色中去了。

翰林按察副使大人合拢了扇子，在手心里轻轻地敲打着。他来南原府快两个月了，汉城府的热闹生活在记忆中变得越来越模糊了，他在心里却还是竭力拉着那种生活不愿意放手，就像他以前在花阁留宿后，清晨回到岳丈金吾郎大人的府邸时，肌肤上曾经的亲吻和抚摸仍然能让他的心跳加快一样。

翰林按察副使大人对南原府的男人们软绵绵的地方口音、堆满了笑容的脸十分厌烦，但他对"南原府是芙蓉乡"的说法倒并无异议。秀水河滋养出来的女子们，肌肤拥有白瓷的质地，腰肢纤细，语调温存，眼波像春水一般妩媚。

女子没有走远，她站在一棵白果树下，俏生生的身影，硌得他的心狠狠地疼了一下，让他体会出这一次的艳遇，不同以往。

翰林按察副使大人打开折扇，慢慢地扇，想平息自己的紧张情绪，结果却把心火扇得越来越旺。扇面上的牡丹花在风里像活过来了似的，一次又一次地，不厌其烦地重复开放。

翰林按察副使大人被一种病抓住了，他从后面挨近了女子，虚弱得直想变成她身上那件薄薄的衣衫，贴到她的肌肤上去。

女子回头看了他一眼，在他耳边说了句话。

他浑身麻木，怔怔地只顾盯着她的脸看，直到她用一根指头在前方指点了一下，他才顺着她的目光抬起了眼睛——

前方有一株桃树，枝干一半被雷电劈得已经枯死了，另一半却生着翠绿的枝叶。在最粗的一截枯枝上，盘着一条茶杯口粗细的蛇，蛇身上密布着纵横交错的花纹，盘成一个鲜艳的蒲团。蛇头从蒲团上高挑出来，蛇颈上的一块红色，形状好似两朵并蒂的花。

蛇与他们僵持着，时间变得和心跳声一样点点滴滴的。

两只蛇眼一动不动,只有蛇信子倏忽进出,发出"咻""咻"的细响,似在诡笑。

翰林按察副使大人冰凉的手被人抓住。

她的手竟然是温暖的。

过了有一盏茶的工夫,蛇如彩练,忽然凌空抖开,在树梢上盘桓着,飞掠而去。树叶哗啦哗啦地吵了一阵子,很快又复归于平静。翰林按察副使大人的精神从身体里游离了出去——

事后他无论如何回想不起自己是怎样从树林中回到谷场上的。

欢乐的歌舞重现在眼前:一群未婚的青年男女组成两个圆圈,在鼓乐声中跳着"江江水月来"舞。男人在外,女子在内,两个圈子的人流呈相反的方向旋转,跳一跳,顿一顿,停顿时男女两两配合着,勾肩搭背,挺胸踢腿,女子们的长裙舒展成一个个圆弧形的扇面。

女子杳无踪迹。

翰林按察副使抻着脖子在人群中找了半天,最后失望地用手抚住额头,他的身子激灵了一下,手掌靠近鼻端,一股异香顺着他的呼吸,流入他的肺腑深处。

彩蛇如影随形,跟着翰林按察副使大人。他夜不能寐,一闭上眼,彩蛇便拿出种种妖娆姿态缠上他的身。他要么撕坏了自己的睡衣,要么大汗淋漓地从梦中惊醒。到后来,他不敢入睡,整夜整夜地睁着眼睛,凝视着深蓝色的夜空,星光慌乱地闪烁着,像形迹模糊的花朵开了谢,谢了又开。几天后,他的眼角生满了眼眵,这种揩之不净的东西快要让爱干净的翰林按察副使大人发疯了。最后,他在总管的指引下,去找南原府最负盛名的药师求医。

"药师到山里炼丹去了。"一个叫银吉的妇人告诉翰林按察副使大人。她边说话边用木槌捶打着木槽里刚蒸熟的糯米,糯米粒圆滚滚的,亮白中透出一股清澈的绿意,妇人好像带着很大的气,把糯米团砸得啪啪响。

"怎么可能?"总管问,"这位可是汉城府来的尊贵的大人。"

"那你自己找啊。"银吉说。

翰林按察副使大人在药铺里随意走动,房子有些偏远,园子很大,种着青菜,也种着很多他说不出名字的药草。药铺门口放着几只敞口草筐,里面插着大束的干花和几捆晒干的药草,一股似曾相识的气味儿从草筐里散发出来。

"这里只剩下你一个人住吗?"翰林按察副使大人问银吉。

"药师的女儿也在,但她帮不上您什么忙——"

"她在哪里?"翰林按察副使大人打断了妇人慢悠悠的回答。

"都跟你说了她帮不上忙——"银吉的动作停了下来,她抬起头,发现他眼里密布的血丝,便叹了口气,回身指着桃林中的一条小路说,"一直往前走就行了,不过,我把话说在前头,她不是药师,治不了您的病。"


翰林按察副使大人朝药铺后面的桃林走去。桃花灿烂,映着头顶上的艳阳,他的眼皮好像烧着了似的。

他在桃林尽处停下了脚步。

几片阔大的芭蕉叶子横铺着,那股子碧绿仿佛把深井里的水舀出来摊到了地上。一个年轻女子穿着白衣白裙,头上包着一块绿色的布巾,坐在芭蕉叶上用铜杵在铜罐里炮制着药末。她看到眼前的男人,吃惊地睁大了眼睛。

"端午节时我们见过面。"翰林按察副使大人说。

药师女儿微微一笑。

"见到你以后,我的眼睛就坏了。我还整夜做噩梦,梦见那条蛇。"

"您是来找我问罪的吗?"

"当然不是——"翰林按察副使大人蹲下身子,脸孔朝药师女儿探过去,他示意她看自己的眼睛,"我想让你帮帮我,治好我的病。"

"我不是药师。"药师女儿说,"我治不了您的病。"

"我的病,只有你能治。"翰林按察副使大人说,"一见到你,我的眼睛就变得清亮起来了。但我的心,跳得更厉害了。"

"这是药房,不是花阁,"药师女儿寒了脸,她把铜杵用力地掷在罐子里,"您的轻薄用错了地方。"

"我明白了,"翰林按察副使大人说,"我的眼疾和梦,就是为了让我找到你。"

"不知道您在说什么。"药师女儿起身离开,长长的衣带在翰林按察副使大人的脸颊上拂过,宛若花阁里的女子调情时,轻打在男人脸上的巴掌。


翰林按察副使大人从药铺回府邸的路上,疼痛重又回到他的眼睛里。他勒住缰绳,回头望着在桃林掩映下的药铺。他觉得,是从那几间房子里发出的香气使得西天霞光似锦,桃花分外夺目。

香榭。

他的脑海里闪出一个令他欣喜不已的念头。


第二天早晨,银吉被房外的声响惊醒,披衣出门,她被雾气弥漫下的场景惊呆了,"我早就猜到会出乱子——"

药师女儿在自己的房间门口已经站了一会儿了,她看着几十个工匠用木料把院子里堆满,而更多的东西正源源不断地涌来。

"提醒他们,别把菖蒲压坏了。"药师女儿说完就回到房里去了。

药铺门前的一小块菖蒲田是药师种的,进山以前他为了栽培出一寸九节的菖蒲——据说能使人得道成仙——花费了不少心思。


不只是手艺出色的工匠全部被招募,一些插完秧后暂时没多少活儿干的农民也被挑来做短工,只用了几天的工夫,他们就把药铺后面的桃林砍伐干净了。

"这样砍桃树,会招来恶事的。"银吉给药师女儿往房间里送饭，听到外面斧头砍树的声音，忧心忡忡地说道。

"那个人——"药师女儿问银吉，"也在外面吗？"

"坐在马车里面监工呢。"银吉说，"这个人倒很有趣，有话又不明说，绕了这么大的一个弯子，如今，全南原府的人张开嘴要么是吃喝，要么就是说你们的闲话。"

药师女儿笑了。

银吉看着药师女儿，"你还笑得出来？"

"弄了这么大的排场，只是为了表明自己喜欢上一个人。"药师女儿头靠在窗户边儿上往外望，"这个人的性情很特别呢。"

"听说是有妻室的，在汉城府，是个什么大人的女婿——"银吉停了口。她转过头听了一会儿外面的声音，叹息着说，"这树砍得人心里慌慌的。"


房子转眼就盖了起来。白墙黑瓦，房顶像张开的翅膀。新建的房子把原来的药铺围绕起来，有一天药师女儿推开房门时，发现自己的房间与新房子中的一间房被一个木廊连接在一起了。

那间房的拉门是拉开的，里面坐着翰林按察副使大人。他笑微微地看着她，他的目光分明是长了腿脚的，能一直走到人心里去。

药师女儿转身回房，把门拉上了。


香榭建成以后，翰林按察副使大人把他的一部分生活用品搬了过来，四个仆从也跟来照顾他的起居饮食。他每天在书房里读书，偶尔出门去官府，回来后坐在木廊台上喝茶，轻摇着折扇，看庭院中的木槿花朝开暮落。

药师女儿被围堵在中间，药铺被困在新房子中间，没有人愿意为了抓几服药，穿过翰林按察副使大人的房子，倘若被官府加上个罪名，如何担待得起。

"您为什么要这样？！"

有一天夜里药师女儿穿过了木廊，在湿凉的夜雾中走向对面的房间。

"情不自已。"

药师女儿转身离开，被翰林按察副使大人拉住了手。

"我的名声都被您毁了。"

"我也一样！"

药师女儿顿住了。

翰林按察副使牵着药师女儿的手，穿过木廊，送她回到自己的房间，"倘若你让我留下，投怀送抱的那个人就是我。"

他贴着她的耳朵说。


随着香榭的建成,翰林按察副使大人和药师女儿的故事奔跑着传向四面八方。和其他的风流韵事一样,在流传的道路上,他们的故事被不断地丰富、加工。这种情形就像我们在春天里见到的那样,起初是一朵花,接着是一树花,再接下来,整个春天都是花。

一个晚秋的傍晚,翰林按察副使大人从信差手中接过一封金吾郎大人加盖了官印的私人信函。

在信中,金吾郎大人很扼要地为翰林按察副使大人的前途指出两条路:一条是他立刻回到汉城府,安分守己地做金吾郎家的女婿。他已经为他在官场上另外安排了职位;另一条是如果他拒绝这条光明大道的话,数日后,他将被司宪府的囚车押解回到汉城府去。

金吾郎大人在随信附上的一张纸上,详细地罗列了翰林按察副使大人为建造香榭挪用的各种款项、数额。

药师女儿看完金吾郎大人的信,好半天说不出话来。

翰林按察副使大人背对着光坐着,熨得笔挺的衣褶显示出光影的明暗。他的一半脸颊隐藏在黑暗中,另一半脸颊被阳光涂上了一层金色。

引 子

"无论我走到哪里,我做什么,都逃不过金吾郎大人的眼睛。"他笑了一声,好像孩子淘气做错事被大人逮住了似的。

"我们把香榭卖了吧,按数还上官银。"药师女儿凑近到翰林按察副使大人的面前。

"看看你的脸——"翰林按察副使大人用一根手指在药师女儿的脸上慢慢地移动着,"你天生就应该住最好的房子,穿最好的衣服,吃最好的食物。"

"别说这个了,"药师的女儿按住他的手,哽咽着说,"我们立刻把香榭卖了吧。"

"香榭不是用一木一石搭起来的,"翰林按察副使大人仰头看了一眼房梁,"你认为我们的爱情值多少银两?"

"房子终究只是房子——"

"除了香榭,我们的爱情再没有地方可以容身了。"翰林按察副使大人拉开药师女儿缠在他腰间的手臂,"更何况金吾郎大人要的不是官银,而是体面,自己的,还有他女儿的。"

"那我跟你回去。"药师女儿沉默了片刻,开口说道,"我可以做小——"

"她不见得愿意做大。她的女仆偷吃了一串葡萄,被她用棍棒敲掉了所有的牙。而你偷了她的男人,落在她手上能有什么样的下场?"

药师女儿从支起了窗扇的窗口向外面看,香榭的门口停着一辆气派的黑漆马车,那是来自汉城府的马车。按金吾郎大人在信中对翰林按察副使大人说的,马车会等他三天。

翰林按察副使大人返回汉城府的前夜,药师女儿把他从梦中摇醒,她一直在流泪,投射到她脸庞上的月光也仿佛变成了静静流淌的河水。

"带我一起走吧,"药师女儿跪在情人身边,低声哀求,"我可能有了孩子——"

"你还要我费多少唇舌才能明白?!"翰林按察副使大人忽地坐了起来,他很近地瞧着药师女儿,近到她能清楚地从他脸上看见悲伤。她来不及抬起手来去抚慰他,他已经朝后仰身重新躺到枕头上,"如果金吾郎大人想把我拉回去,什么也拦不住他。"

第二天清晨,马车载走了翰林按察副使大人。

药师女儿站在香榭门口送他。他上了车后,拉开了车窗的窗帘,伤感地看着她,对她摆手。他的笑容奇怪极了,以前她只在祭祀仪式上,从别人戴的凤山假面上看见过类似的笑容。

"我宁愿您死在这里。"药师女儿喃喃自语。

翰林按察副使大人听不见药师女儿说了什么,马车启动的时候,他发现站在药师女儿身后的银吉,脸像被乌云笼罩住似的突然变得黯淡了。

第二天,药师的女儿坐在秋千上,她用脚蹬地,想使自己借助秋千飞翔起来。银吉沿着木廊从前面跑过来,她的手臂拼命地向前抓挠着,活像一个溺水者的姿态。

银吉浑身哆嗦,在秋千前面站了半天,才好歹说出句话,"那个可怜的年轻人死了。就像你昨天诅咒的那样。"

银吉用力地跺脚,"你这个狠心的人!"

药师女儿的目光变得软绵绵的,"你说什么——"

"他在南原府最北边的树林里遭了蛇咬,等到被人发现,抬到车上时,已经没气儿了。我早就劝过他不要砍那些桃树的。桃树能是说砍就砍的吗?"银吉激灵一下想起什么,匆忙转身边走边说,"得去摆个灵台,他现在三魂七魄还在南原府转悠着呢,怠慢不得。"

"银吉,"药师女儿尖叫了一声,她的脸孔在突然之间变成了一张揉皱的纸,"告诉我,你在和我说笑——"

银吉回头看着药师女儿,泪水从她的脸颊上流过,她用手背抹了一把脸,"想起来了,我得给你赶做一套丧服。"

药师女儿被孤零零地留在了花园里。

第二年的端午节,药师女儿从凌晨开始,忍受着腹中时断时续、越来越剧烈的疼痛,眼看着窗纸从一团漆黑变得透薄如雾。天光大亮后,她在两次疼痛的中间起床,用手托着肚子走出门去。

药房门口,药师进山前种植的菖蒲田里,有一些碗口大的花朵正在开放。菖蒲叶片的形状宛如一把把指向空中的绿剑,锐不可当,而花朵的红色,鲜艳异常,与血的颜色近似。

"是昨天夜里开的花儿,"银吉兴奋地对药师女儿说,"这菖蒲种了有七八年了,这还是第一次开花,依我说,这分明是翰林按察副使大人在阴间放心不下你和肚子里的孩子,借花还魂回来看看你们。"

药师女儿的目光转向谷场那边。往事仿佛发生在昨日,而她知道自己要足足地翻过三百六十五个山坡,才能重新回到一年前谷场上的欢歌艳舞之中。

银吉摆好了祭桌,拿着三根线香招呼药师女儿,"过来拜拜翰林按察副使大人吧,时间比八匹马拉的车跑得还要快,去年的新米没等吃到嘴里就变陈了。可怜的人,连自己的亲骨肉都没缘分看上一眼。"

药师女儿摇摇头,"我不能祭拜一个抛弃了妻子儿女的男人。"

"人都死了，你还——"

"他是先抛弃了我们，然后才死的。"

"他给你盖了这么好的房子——"

"房子是没有血肉的东西——"药师女儿大口大口地喘息起来，弯下身子跪在了地上。

"真是狠心肠啊，磨玉米浆的石磨也没你的心肠硬，"银吉抽出别在腋下的手帕，擦了一下眼睛，"你这样说话，让那个被蛇咬死的人在地底下无法安生啊。"

"我可能快要生了——"药师女儿呻吟着。

银吉看着桌上的牌位抹眼泪，"他的举止总是那么高雅，话虽不多，但能说到人的心坎里去。"

"银吉——"

银吉转回头时发现药师女儿的裙子被血水染红了，她朝她扑了过去，撩起裙子后，银吉尖声叫了起来，"天啊，孩子的头已经出来了，我们刚才说的话她全听见了。"


我的故事，是在十八年后开始的。

# 未曾谋面的爱情

## 1.

十六岁那年,我已经许配给人家了。相当不错的门第,那个人的父亲是三品官,交往的也都是朝廷上的权重人物。最最让我的家人们——我是说父亲的夫人和姬妾们,以及我同父异母的兄弟姐妹们——愤愤不平的是,我要嫁的这个人是正室夫人生的长子,正在用功读书准备参加科考,他父亲对他寄予厚望。

父亲的夫人曾经数次提议,让她生的女儿代替我嫁过去。

"这样才算门当户对,郎才女貌嘛。"

"试探着问过了,"父亲说,"人家只想要真伊。"

"不知道看上了她什么?!"

我也不知道他看上了我什么。据说他陪父亲来我们府里喝过酒的,是个讨人喜欢的俊俏少年。可我怎么也想不出在哪里曾经遇见过他们说的这个人。在木廊台上擦肩而过,偷偷地朝脸上瞄一眼的事情肯定是没有过的,府邸不能算小,但供我们活动的场所并不太大。要不就是我在后花园里荡秋千的时候被他看到?可是,那不是陌生人,尤其是男人能随便出入的地方啊。

当然我不是总待在让我待的地方,偶尔也会四处转转的。我有一套偷偷藏起来的男装,还有一顶黑笠,想出门的时候我就换上。不是吹牛,我的折扇在手指间转动的时候,能让别人看直了眼。

偶尔我会被家里的人抓住。侍候父亲的那些仆人们抓到我倒没什么关系,他们非但不生气,反而很高兴见到我,有时候还会塞给我一些板栗、核桃之类的零食。要是碰见夫人房里的长舌妇们——这些妇人的舌头长到可以拿来当抹布用——那可是比捅了马蜂窝更麻烦的事了,那些难听话非说得人浑身肿起来不可。

要是光骂骂我倒也罢了,最坏的情形是连累到我母亲。

父亲的姬妾有四个呢,可夫人对我母亲最为刻薄。那个女人自以为了不起,脸板得像她平时从不离口的"名门望族"的两个门扇。既然为出身名门望族而骄傲，不知什么缘故她又整日唉声叹气地说自己命苦，就连她自己的身子都和她这句话作对，日渐一日地发起福来了，她移动大驾时真叫威风凛凛。我母亲进门之前，她和父亲其他的姬妾相处得不好，但我母亲一来，她们却变得亲近了。

父亲只要住在家里，夜里必定会留宿在我母亲房里。夫人的大儿子倾慕我母亲的美丽，他做的一些傻事成为府邸里流传的笑柄。

"我真是被气疯了！"夫人不停地抱怨。倘若她的话能变成现实，我以为倒也不错。

"她居然打我儿子的主意！"

倾慕我母亲的男人多如草芥，追究起来，也先是夫人自己教子无方，她却把不是一股脑儿地派到我母亲的身上，说什么母狐狸不露出尾巴，公猫怎么会发春？！

谁知道她的大儿子怎么会发春？！那个家伙和他母亲长着差不多的脸型，好像被人用脚踩过，而且踢折了鼻梁。有一次他还嬉皮笑脸地问我，"你真的是父亲亲生的吗？怎么我看一点儿也不像呢。"

他的目光像舌头，在我的脸上舔来舔去。我们站在花园的石头甬路上，他拦住了我的去路。甬路旁边是盛开的蔷薇花，若是我踩着那些花枝逃走，脚底会被花梗的尖刺扎烂的。

"你要不是我妹妹就好了。"他用手指摆弄着我的衣带说。

我甩开他的手往后退。

"给我抱抱。"他伸出手来拉我。

"滚开！"

"你怕什么？我们是兄妹啊，兄长抱抱妹妹怕什么的？"

我费了好大的劲儿才把他摆脱掉，在他的脖子上抓出了一道血痕，内衣领子也让我撕破了。

整个下午加上一个晚上，我等着夫人带着乌鸦般的仆人来找我兴师问罪。这位夫人可不管究竟是谁先挑的事端，只要事情和我有关，就必定是我的错。她会把我关进黑屋子里，不给我饭吃，有时候还会让她身边的长舌妇打我。但那天，这些事情都没有发生。几天后再见到那家伙时，他凑近到我身边，轻声叹息着说："虽然是伤口，可一想到你的手曾经在我身上停留过，疼痛也变得美妙了。"

我没搭腔。

夫人重重地咳嗽了一声，她的眼睛原本就长得细长，发福以后，目光就像刚磨过的刀刃上的那道细线。那道线在我的脸上游动着，宛若一个个刀口，让我的脸庞感到异样的疼痛。我仰起头盯着树枝上的小鸟，小鸟刚生出来不久，叽叽喳喳，左顾右盼着，头顶上有一小撮嫩黄色的毛，大概它也姓黄吧。

我嘬起嘴对着小鸟召唤了几声。

"真是家门不幸啊。"用过餐后跟夫人告别时,她从鼻腔里哼出这么一句。

"可不是嘛。"我接了一句。

母亲拉了拉我的衣袖。

"龙生龙,凤生凤,狐狸崽子天生就会摆屁股晃尾巴勾引男人——"我们离开时,夫人恶声恶气的话语追到木廊台上来。

## 2.

"为什么要嫁到这样的地方来呢?"我问母亲。

"因为有了真伊啊。"母亲笑笑。

天啊,母亲那么一笑,宛若春花灿烂百鸟齐鸣,管他夫人还是别的什么,全都像灰尘一样不值一提了。她入花阁前,据说有一天在河边洗头,有少年过来跟她讨水喝,她顺手从河里舀了一瓢水给他,那个少年接过来喝了一口,惊呆了,瓢里面盛的哪里是水,分明是美酒啊。

"真的变成酒了吗?"我问过母亲很多次。

"怎么可能?"母亲笑着回答,"当然是水了。"

可父亲也说是酒。他很肯定地告诉我，本来是河水，被母亲舀到瓢里后，就变成了美酒。

父亲说世间有两样东西他永远不会厌倦，母亲和酒。

"玄琴——"他唤母亲名字时用的那种语调，真像两个手指在琴弦上那么一挑一拨，声音在空气里微微颤动。

他也听说了自己的长子迷恋我母亲的事，呵呵一笑说："咦，那小子这么快就长成大人了吗？"

他从外面回来的时候，经常带一些精巧的点心，偷偷送到母亲房里。他还送给母亲上等的茶叶，漂亮的首饰。他也送给我玩具，为了逗我高兴，他愿意跪在地上当马让我骑。母亲拉他起来他也不肯。

这种时刻的父亲是可爱的。

## 3.

一个少年死了。据说临终前他跟家人请求，入土那天一定要经过黄府门前，他要看我一眼。他们家里人脑子伶俐得很，将死之人的请求不能不答应，但办丧事时，还是吩咐抬棺的汉子们从小路拐到城外去。

黄府不是寻常人家，失去亲人已经够悲伤了，何苦再惹出别的事端。

送葬的队伍走在岔道口，抬棺的四个汉子就像被鬼捏了脚筋，疼得跳了起来，抬棺材的杠头也扔了。这么干还不招来骂？挨了骂再抬，还是脚疼，又把杠头扔了。折腾了大半个时辰，有人想起死者的话来。

"既然他临死前那么郑重地请求过，你们也答应了，还是从黄府门前走吧。"

少年的父亲犹豫了半天，同意了。

说来奇怪，棺材的方向朝黄府这边一转，抬棺汉子们的脚步立刻变得轻盈无比。

在黄府府邸的后花园门口，抬棺材的四个汉子又停了下来，他们说棺材不知怎么一下子变得有千斤重了。

死者的父亲不相信他们的话，怀疑这些人故意捣乱。抬棺的人百口莫辩，最后从集市上又找了四个壮汉来，新来的四个壮汉横着膀子把前面的几个挤开，喊着号子往肩上用力，棺材一动也不动。

"见鬼了？"他们吓了一跳，扭头看同伴们，怀疑他们根本没用力。

他们又试了一次。

棺材就像钉在了地上，纹丝不动。

"早就跟您讲了，"先前抬棺的男人们冲少年的父亲喊，"今天的事情邪门儿得很。"

一堆人聚集着,不知如何是好。

"这个少年听说是迷恋黄府的真伊小姐,得了相思病死的。"这句话像长了翅膀,转眼传遍大街小巷,也飞进了黄府府邸。

夫人打发管家出去,让送葬的人尽快滚蛋,否则送他们去见官。

死者的父亲挨了管家几耳刮子,遭了训斥,跌坐在地上号啕大哭起来,"老天爷啊,你开开眼吧……"

老天爷自然是不理他的,他又拍着棺材喊,"儿子啊,你要是有灵你就坐起来吧……"

"真是疯了。"有人叹息。

管家让人把他拖走,一边儿哭去。可棺材还横在后花园门口,管家指挥先前抬棺材的几个汉子和后找来的几个汉子,分别又抬了抬棺材,棺材一动不动。后来干脆把八个汉子合到一起,又加了两个杠头,有人喊着号子一起用力,也还是抬不起。

管家气得脸色都变成茄子的颜色了,"等我们把棺材弄走以后,你们就有罪受了。"他一边威胁一边跑回府里报信。

夫人让管家从家里的仆人中间挑出几个身强力壮的出去抬棺材,也一样纹丝不动。

管家跑回来,对着夫人低语了几句,夫人的脸也变色了。

闻讯赶来看热闹的人越来越多，把巷子挤得满满登登的。

这时，消息传到了我的耳朵里，有个少年恋着我，相思而死。

我以为是在说笑，尤其是从夫人的仆人嘴里听到这些话，我还能想别的吗？

4.

夫人派人来把我叫了去，满满一屋子的人，我走进去时，叽叽喳喳的声音一下子安静下来，大家的目光像乌鸦的喙，又尖又硬地朝我脸上叮。

"去把棺材弄走。"夫人的脸铁青铁青的，三伏天里也能刮层霜下来，她的声音像又细又尖的铁丝，能把我的脖子勒断，"我不管你用什么法子，哪怕是把你装进棺材里和那个短命鬼一起埋了也行，你让他们把棺材赶快弄走。"

"不是说好几个男人都抬不走棺材吗？"我回头看了一眼带我来的女人，"您觉得我有那么大的力气吗？"

"别人或许是抬不动了，"夫人冷笑一声，"但你们娘儿俩的本事不是出奇的大嘛，你母亲能把水变成酒，说不定你也能让死人从棺材里面坐起来,自己走到坟堆里去呢。"

她身后的那些女人们笑起来。

"您不是从来不相信这个故事吗?说那是我母亲自己编出来的。"

"你还敢顶嘴?!"夫人瞪着我,"滚出去!"

我从夫人房里出来时,母亲沿着木廊台跑了过来。

"真伊,不许去。"她的手冰凉冰凉的,紧紧地勾着我的手。

"他们说有个少年因我而死……"我想起刚才夫人的话,但我不能确信,"棺材现在就停在花园外面……"

难道这是真的?就像母亲瓢里的河水真的变成了美酒?

我低声跟母亲说:"我想去看看。"

"不能去!"母亲拉住了我的手,"人言可畏。"

"是我让她去的。"夫人的声音从屋子里面传出来。

"事情若是传到你婆家,"母亲在我耳边低声说道,"只怕连婚事都要取消,这种流言蜚语一旦流传,会一辈子跟着你的。"

"可是……"

"肯定是有人故意诬陷你。"母亲眼睛里面泪光闪闪,急得直跺脚,我都到了快出嫁的年纪了,她还跟个小姑娘似的。

"真伊……"夫人从屋子里面走出来了,语调威严地催促,"你怎么还不去?"

"不能让她去呀,夫人。"母亲对夫人恳求,"真伊还未出嫁,这样抛头露面成何体统。"

"你跟我讲体统?!"夫人扬起脖子干笑了几声,她身后的女人们也都一下子伤了风,咳嗽似的干笑起来,"龙生龙,凤生凤,大狐狸精生小狐狸精,年纪轻轻的,筷子还没学会怎么使呢,勾引男人的手段倒是不容小觑,连人命都闹出来了。你说怎么办?就这么任由棺材横在后花园门口让全城的人看笑话吗?!"

"等老爷回来再做定夺……"母亲低了头。

"老爷么,你的枕头风儿一吹,他自然是找不到东南西北的了,"夫人冷冷地说道,"眼下全城的人都围在黄府外面,老爷就是回来了,只怕也挤不进门来呢。要么真伊出去,要么你自己出去,我相信你肯定有本事让那些男人把棺材抬走的。"

"请您不要这样……"

"该请求的人是我,"夫人扫了一下众人,她对自己的大嗓门儿就像对自己的出身一样自豪无比,"求求你放过我们黄家吧。我们可是体面、正经的贵族,就算我们这些上了年纪的人可以老脸不要,你也得替晚辈们考虑考虑吧?他们可还有很长的日子要活呢,难道让他们为府里名声不好的人所累,一辈子勾着头缩着脖子做王八吗?"

"夫人真是说到点子上了呀……"

"上梁不正下梁歪……"

夫人身后的女人们纷纷应和。

"求求您……"母亲眼里盘桓了半天的泪珠涌出了眼眶,濡湿了面颊,她朝着夫人跪了下去。

我把她拉住了。

"真伊……"

我全身的力量都涌在手上,就像母亲刚才拉着我那样,我拉着她,不让她跪倒。

## 5.

我还是第一次穿着女装走出府邸。管家在前面为我指路,巷道里挤满了人,我一眼就看到了那口漆了黑漆的棺材,像一个大号的柜子,或者一个小号的房间,很庄严地摆在众人中间。

一个头发白了一半的男人过来跟我赔礼。

"我也没法子啊,实在是这孩子……"他哭得很厉害,眼睛红了,皮肤也因为泪水的冲洗变薄了。"活着时就不听话,死了就更……"

我当然知道我的脚站在哪里。但我觉得眼下自己更像是坐在秋千上面，侍女小安在后面推我，我只要再向前一步，就能用脚尖够到天上的云彩。

"真的是因我而死？"我问他父亲。

"他说是黄府的真伊小姐。"

"他见过我？！"

可我从来没见过这个少年啊，也不记得什么时候被人看见过。我不明白怎么会发生这样的事情。有个三品官的长子定要娶我为妻，又有人为我相思而死。

我朝四周看了看，围绕着棺材的，都是一些身体精壮的汉子。他们望着我，目光灼灼，像棺材上面的钉子。

"既然小姐出来了，你们就再试试吧。"管家用力拍打着棺材，让男人们的注意力集中到要紧的事情上去，"看能不能抬走？"

大家都站了过来，八个男人，手扶着扛在肩上的杠头，慢慢地吸气，中间有人喊了一声"起……"，棺材发出"轰隆隆"的响声，宛若从很深的地方被他们拔了出来。

围观的人群中发出惊叹声。

但抬棺的汉子们却迈不动步子，好像为了拔出棺材，那八双脚陷进了地里面似的。

他们不是恶作剧，是真的迈不动脚。这我一眼就看得出来,脚虽说还长在他们身上,却暂时被某种神奇的力量拥有了。

"有什么别的法子吗?"我问那位父亲。

"我早就什么法子都没有了。"他愁眉苦脸地说,"儿子没了,又出了这样的事情,我——"

他用袖子挡住脸,哭起来。

"把你贴身的东西拿出来,"一个女人附在我耳边轻声说,"放在棺材上面试试。"

我扭头看了她一眼,她戴了顶草帽,黑衣灰裙,却给人艳丽明媚的感觉——她目光灼灼,一副看破红尘的笃定样子。

## 6.

我没有首饰,一件也没有,最贴身的是今天早晨刚束在身上的束胸。我带着小安回到府邸里,母亲坐在木廊台上,盯着屋顶上的瓦当,她那么入神,好像这是她第一次看见瓦当似的。我走过她身前时,她也没把目光移开。

我来不及和她说话,匆匆回房间解开束胸,让小安捎了出去。

"棺材抬走了。"过了一会儿小安跑了回来,边跑边大声叫,差点儿被庭院中那棵榕树裸露出地面的树根绊了一个跟头,"真伊小姐的束胸往棺材上面一搭,棺材就抬走了。"

我的心狂跳起来,它变成了一颗陌生的心,想要离开我,跟随别人离去。我用双手使劲儿按着胸口,让它待在它应该待的地方,让它重新变得老老实实的。

我一动不动地坐了足有一个时辰,才慢慢平静下来。胸口很闷,我几乎喘不过气来,仿佛刚刚那些在巷子里奔走的脚都踩到了我的心口上。

我去找母亲,她已经不在木廊台上坐着了。我去她的房间,她的门关得紧紧的。我敲门时她在里面弱弱地回了我一句,"我头疼,想睡一会儿。"

我沿着木廊台走了回来,在她刚刚坐过的地方坐着。我也盯着那个青色的瓦当看。我的脑子里像一个被打翻、弄乱套了的针线筐,我真希望立在瓦当上面那只琉璃的鸟儿能替我啄出一根线头儿,让我把思绪理理清楚。

黄昏时,刮了一阵风,院子里的桃花开得正当时,粉红色的花瓣在风中微雨般地飘着。

夜半时分,母亲在那棵桃树上吊死了。

我赶过去的时候,其他人也都在。那些面色阴沉,像乌鸦一样的女人们。母亲躺在她们中间。

她的样子从来没这么糟过。我记得她展开手臂跳舞的样子,随着舞蹈的进行,手臂上面生出一片又一片羽毛,直到最后变成一对翅膀。现在，她的翅膀折断了，安安静静地贴在身体的两侧。

我帮她把头发梳好，给她换上了一套桃色的衣裙。她变得年轻了，跟我差不多的年纪。我用白布单把她盖上，仆人们把她放入棺材里。

"看看你做的好事，"夫人说，"都因为你，她竟敢跟老爷顶起嘴来了，老爷打了她一巴掌，她就把自己吊死了。"

夫人的口气，就仿佛把自己吊死是一个好玩儿的游戏，说到最后她还笑了笑。

"真是太任性了。"

"就是嘛。"

"不就是一个巴掌……"

我扭过头盯着说话的女人，一直看到笑容像猪油一样僵在她们的脸上，才把目光转开。

我在餐室里找到父亲，他喝得不省人事，手里握着的酒壶歪了，酒壶口里滴滴答答地往外滴着酒。

我把他摇醒，他眯着眼睛，看见我时，眼睛一下子睁得老大，他抓住我的胳膊。

"玄琴！"他叫着，"你没死，对吧？我就说嘛，你怎么会死呢？我不应该打你的，你打我吧！"

他抓着我的手，朝他的脸上打。手触到他脸上的瞬间，我的眼泪流了下来。

在这个家里，什么都让人寒心，就是父亲对母亲的喜欢，是我唯一高兴的事情。我看着他的胳膊，他喜欢用胳膊把母亲圈进他的怀中，就像从空中捉住一只鸟儿，合拢她的翅膀，把她的飞翔按住。同样是他的胳膊，几个时辰前冲母亲扬了起来，打了她一耳光——那本来是为我准备的——父亲大概没想到，他留在母亲面颊上的手印会渗进她身子里面去，把她的命抓走了。

"母亲死了！"我摆脱掉父亲的手，"你的玄琴飞走了。"

我沿着木廊台往回走，府邸里到处飘动着母亲的身影，"死了也好。"我跟母亲的身影说。

## 7.

我跟夫人说把母亲葬了吧。何必停尸三日，弄得臭气熏天才入土呢？

"说的也是啊。"夫人第一次对我的话表示出赞同。她还希望我能跟父亲提议，把母亲葬在别处，离黄家的祖坟越远越好。但我觉得这是该由父亲拿主意的事儿，倘若他对母亲的爱情，随着她的死亡而死亡的话，我倒也情愿让母亲离他们远一点儿。

但父亲执意要把母亲葬入祖坟,而且还是离他自己的坟墓最近的地方。

"您这么做未免太过分了。"夫人气得要死。

父亲的其他几位小妾也面色不悦。

"不服气的话,你们也可以早点儿死嘛。"父亲慢悠悠地说道。

父亲来坟地时也带着酒壶,一口接一口地往嘴里灌。他阴沉的目光让别人不敢靠近他,也不敢跟他说话。母亲的棺材落进掘好的坑里,仆人们开始填土的时候,父亲突然一跃而起,跳进了坟里。

"把我也一起埋了吧。"父亲的声音从坑里面传出来。

仆人们扶着锹把面面相觑。

夫人气得浑身哆嗦,但她很明智地闭紧了嘴巴。

过了片刻,父亲自己从坟坑里面站起来了,衣服上面沾满了尘土,他把酒壶里最后一口酒喝光,把酒壶扔进坟墓里,用很不体面的姿势从里面爬了出来。仆人想伸手拉他一把,被他一口啐在了脸上,"把你的狗爪子拿开!"

父亲谁也不看,径直离开了。

其他人也跟着离开。最后只剩下我一个人还留在坟前,一遍遍地摸着墓碑上面两个字:玄琴。

青草萋萋幽谷,是你眠处?卧处?

红颜而今何在,唯余一副白骨。

再无举觞劝饮人,怎禁得为你悲楚。

这首时调不是我写的,是一个名叫林悌的男人。这首时调也不是为我母亲写的,而是为我。林悌在我死后九年才出生,这位风流才子平生最大的恨事,是没能和我同时生在世间。他追访我生前的足迹来到松都,在我的坟上独坐良久。

## 8.

因为那个少年的固执,我在松都声名大噪。府邸外面每日都有很多闲人游荡着,渴望能见我一面。还有两次是父亲派人把我叫到宴席上去,给那些他拒绝不了的尊贵客人介绍我。

"果然啊果然……"他们捻着胡子,笑容让人浑身起鸡皮疙瘩。

我不明白他们从我的脸上看到了什么,又是什么让他们觉得"果然啊果然……"。

我朝父亲看——觉得难堪的时候,他的嘴总是抿得紧紧的——母亲去世后他从没朝我正眼看过,仿佛我是一个耻辱。

同样的眼光也出现在府邸其他人的脸上。看啊,她走过来了,耻辱原来是这样走路的。看啊,她在吃饭喝水,耻辱竟然还能吃得下喝得下?看啊,她身上穿着孝服呢,可举止却那么轻佻,耻辱果然是耻辱啊。

我不在乎这个。反正我跟他们是有区别的,是耻辱或者别的什么,又有什么关系?除了夫人的大儿子,没有人跟我说话又有什么关系?我跟他们本来就没什么可说的。我跟那个浪荡子就更没什么好说的。

我在府邸里受到的冷遇让夫人颇感快意。这从她的眼神儿里能看得出来。我不知道她是不是也能像我读懂她那样读懂我。我也感到快意。耻辱于我,就像一件华丽的衣裳,它让美貌俊颜焕发出光彩,而这光彩让他们的眼睛疼痛。

我婆家派人来退婚。

这是当然的了,谁愿意娶耻辱当媳妇呢?

我并不在意。直到有一天父亲喝醉了,指着我问:

"为什么吊死的不是你?!"

他的话把我变成了一截木桩子,戳在木廊台上好半天动弹不得。虽然从父亲嘴里说出来的话带着酒气,但那绝对不是醉话。

母亲过世后,父亲变得特别陌生。他的身体仿佛是个壳,壳里面的生活随着母亲埋进土里去了,就像他最喜欢的那个酒壶。

失去了那个酒壶以后，父亲再也没醉过。

如今他很少在家里设宴，也很少出去应酬，天一黑就关紧房门。他和过去一样每夜留宿在母亲的房里，那间房和他一样，变成了一个空壳。

## 9.

离开黄府去花阁的那天，是七月初一，月亮瘦得像一把小弯刀。

月亏则盈。

我给自己取了个艺名，叫明月。

鸨儿与我有过一面之缘——在黄府后花园门口，就是她指导我，扔一件贴身的东西到棺材上面去的。她对我的条件言听计从。我在花阁里的身份是自由的，我只做我喜欢做的事，谁也不能强迫我做我不想做的事。

黄家对外宣称，黄真伊得急症死了。花阁里那个叫明月或者太阳的艺伎，他们从来没有听说过。倘若有谁胆敢侮辱黄府的名声，黄府可不会善罢甘休。

父亲再也不涉足风月之地了，他变成了正人君子，还变成了虔诚的佛教徒，为修得来世的荣华富贵，他放弃了现世的享乐生活。

我入伎籍后,只见过父亲一面,是去云外寺上香时,在路上碰巧遇到的。由于道路狭窄,两辆马车慢慢地相交、经过。我们从窗口望着对方,他沉默不语,注视我的目光就仿佛第一次见到我。

他的身边坐着愈发发福的夫人。

"好久不见了,"我跟夫人打招呼,"您的身体还好吧?"

她冷冷地打量我,眼神中带着对背叛者的厌恶和憎恨,从牙缝里挤出两个字啐到我脸上:"贱人。"

我报以微笑。

"我早就说过,龙生龙,凤生凤……"夫人一脸正色,随着车子越行越远,声调越来越高,"贱货只能生出贱货……"

我转开脸,路边桃花红艳艳的,桃花后面藏着母亲的身影。她跑起来时,红裙子飘动着,像一团火。

# 猿　声

他们傍晚时分到了南原府。天色阴沉，雨雾飘摇，远远看来，南原府仿佛一幅水墨图画。走进城内，方形木屋、蘑菇状土屋，错落拥挤，立于路边。木屋和土屋之间，老树如亭，树干如静止的舞蹈，拧着腰身，华盖如伞，遮挡着细雨。

石板路时宽时窄，雨水似油，让轿夫们脚底板儿打滑，狭窄处有人从轿边经过，惹来轿夫们的叱骂。

"再挤，你肚子里的孩子要掉下来了。"

"嚼草的驴马货，"有个脆生生的女声回敬，"狗嘴里吐不出象牙。"

崔梦阳撩起轿帘向外打量，一个女孩子娇黄短衣，袖口处嵌着红绿条纹，翻着白衬边，提着桃红长裙，从他轿边闪过，身后的辫子飞扬起来。轿夫们的脏话乱蹄杂沓，追赶着她。女孩子不只声音、态度,眉眼背影跟橘子亦有几分相似。

轿子在街道上又转过两个弯,停下来。轿夫们把轿子卸掉,"总算到了,"他们叫的叫、笑的笑、骂的骂,有人唱起歌,有人随着歌声扭脖耸肩,舞动着臂膀。

崔梦阳从轿子里面出来,身体蜷太久了,粘叠在一起,花了一点儿时间才像折扇似的打开。

玉姬也从轿子里面下来,紫色裙子外面加了件淡灰色马甲,侍女把一件紫葡萄色镶墨绿边的长衣展开,帮她披在头上。

宅邸是官府新近从一个盐商手里买来的,正如南原府尹大人书信中描述的那样:是幢很像样儿的房子,十几间屋,回字形,门外六级石阶,铺得整整齐齐,黑色木门对开,门环由黄铜打制,狮眼暴突,獠牙衔威。

房子新近粉刷过,在浓暮微雨中,白得像朵云彩,正待要飞涌起来,被上面翅膀状的黑屋顶压住了;屋檐角多铺了几层瓦片,振翅欲飞,又似被下面的棉絮勾扯、连缀住了。

崔梦阳打量着宅院,一时之间如坠梦里。

玉姬跟他说了句话,雨丝般被风扯凌乱了。

几个官差看见他们,叫了起来,一列官员随即从宅邸里鱼贯而出,官服齐整,态度恭敬,恭迎新任府使大人就任。几个仆从,都是白衣,灰扑扑几团烟雾似的,从宅邸里面悄无声息地奔出来,潦草见礼后,引领着轿夫和仆人们搬运行李。玉姬跟几位官员微微鞠躬,带着侍女进了宅邸。

崔梦阳跟官员们又回到客室,房间改变了不少,但框架还是旧时模样儿,仆人们端来新沏的热茶,崔梦阳跟官员们客套了几句。

"看大人着实面善,"府尹大人对崔梦阳说,"仿佛以前见过似的。"

"府尹大人——"旁边有人接腔,"一向跟权贵人物都很面善的。"

"不只权贵,"在旁边的人打趣道,"花阁里的头牌,他也都面善的。"

"确实如此,"府尹大人神色坦然,"待府使大人安顿下来,带大人考察南原府风俗人情的重任,舍我其谁?!"

官员们笑起来。

他们离开后,崔梦阳自个儿,沿着回廊,绕着房子走了一圈儿,那棵老梨树还在,枝叶披拂,东面围墙的半月角门也是旧时模样儿。天色此时已经黑沉,侍女把角门边挂着的白纸灯笼点亮,门边有棵小树,灯光把树冠上面的一簇树叶照耀成青玉翡翠。

仆人请他去餐室。饭桌已经摆放停当,六个小菜依次排开,打糕粘着红豆豆泥,白切牛肉带着热气,旁边搁着碟辣椒酱，豆腐煎成金黄色，大酱汤在石锅里面沸滚着，带盖铜碗里面装着刚出锅的白米饭。玉姬的饭桌跟他相对摆在一起，饭桌的云头边框和狮爪桌脚，吸引了崔梦阳的视线。

"虽说是宅邸里的旧物，"玉姬说，"倒也干净整齐，先将就用用吧。"

"这个宅邸，倘若夫人不中意，我们另择一处——"

"房子很好啊，雅致洁净，还——"玉姬双手执壶，替他斟满酒杯，抬眼望着四周，"仿佛有些忧愁似的。"

她被自己的说法逗笑了。

崔梦阳把整杯酒倒进嘴里，一股热烫从喉咙冲进胃里，扭转翻腾矫若细龙，辛辣酒香昂头拧身重又窜回喉咙里来，变成发自肺腑的咏叹，"咿——呀——"

崔梦阳的第一任岳丈权九，酒喝微醺，有时捏着筷子敲酒杯，有时拍着倒扣在盆里的瓢，"咿——呀——"拉长声调悠悠一叹之后，要么大江大河地唱个没完，要么耸肩晃膀提腿弯脚地跳起舞来。

十年前，崔梦阳在流花酒肆，除了身上的单衣，只余一张白面脸皮。他拿不准，投河和上吊，哪种死法更能彰显自己的贵族身份。

"小子，"隔着一桌酒客，权九冲他招手，"过来喝一杯。"

权九做夏布生意，进新货时，他喜欢把一整匹布抖落开来，搭在弯弯绕绕的支架上面。权九在阳光下面屈着身体，眯细了眼睛打量着布匹的纤维，抽动着鼻子，"我能闻到苎麻的味道。"

善媛在院子里摘花，侍女橘子跟在后面，隔着九弯十转的夏布，她仿佛行走在河流的对岸。

晚上吃饭的时候，崔梦阳看见屋角的白瓷罐子里面，插着一大蓬蓝色桔梗花，花苞宛若僧侣的帽子，鼓胀胀的。他的心里也鼓胀胀的，喝进肚里的酒，涓细绵密，蒹葭苍苍，白露为霜，所谓伊人，在水一方。

"我年轻时种的苎麻，比竹子还直，破成麻线，"权九伸展双手，轻捻手指，"那麻线，比女人的头发还软，比伽倻琴琴弦还韧，上等的麻线才能织出上等的夏布——"

院子里有低笑声，伴随着裙裾轻拂木廊台的窸窸窣窣声。

崔梦阳的心变成了鼓槌，嘭嘭嘭地击打。他晕头涨脑了半天，才发现权九的注视。

"人在这里喝酒，"权九慢吞吞地说，"魂儿不知道溜到哪里去了。"

"失礼了！"他躬身拜了一拜。

权九沉吟片刻，张开手，一根一根数手指头，一二三四五六七八。

"一晃你也住了不少日子了，"权九说，"明天吃蹄筋，喝告别酒，今晚好好歇着吧。"

崔梦阳坐在客房里，白色铺盖在月光下，仿佛一榻冰雪。权九在木廊台上又喝了半天，翻来覆去地哼唱：江河水，江河水，白马万匹，碧龙一条；谁能抓住江河水？马蹄无影，龙爪无形，俱都落入江河水。

崔梦阳的双腿跪坐得麻木肿胀，他从客房里出来，站在木廊台上，他的心跳声，掩盖了树梢上的微风和草丛里的虫鸣，跟权九的酒嗝声彼此唱和，成为这个夜晚的风雨雷暴。他走向后院，沿着"回"字，转弯，拉门拉开时悄无声息。橘子睡在厅房里面，一头长发散在枕头上，像个溺水的人；她的呼吸声急促，也像是性命攸关。

崔梦阳穿过房间，走过中间的梳洗室，他很奇怪，自己心都要跳出来了，仍旧闻得到胭脂和香粉的气息。

最后的四扇拉门，四副屏风拦在他面前，春兰夏荷秋菊冬梅，风雅摇曳，又因了夜色幽暗，平添几分诡异。崔梦阳看着自己的手，月光下面灰白如死去，慢得仿佛不动，慢得好像拉门自己拉开了自己。

善媛坐起身来，丝被像堆雪滑落在她身前，她白色的睡衣上面，垂着发辫，宛若一笔浓墨。

崔梦阳跨步进去，在身后把门合上，走到榻前，双膝跪倒。

在淡淡的蓝灰色月光中，善媛面如宝镜，嘴唇薄嫩如花。

"我的性命属于小姐。"他甫一开口，哽咽着说不下去了。

他们沉默良久。

善媛伸手触碰他的脸颊，指尖上沾了他的泪水，她放到了自己的舌尖上。

崔梦阳伏在她身上，把她压倒，衣衫下面摸到她的肋骨：原来，她的心是笼中鸟。


崔梦阳是被橘子叫醒的。他过了一会儿才搞清楚自己身在何处。晨光从苔纸外面渗过来，毛茸茸的。家具物什，宛若浸在湖水里面。

"天塌地陷了，"小橘说，"亏您还睡得六神安稳。"

崔梦阳披上外衣，边系带子边奔出去，他跑得太急，拐过木廊台时，双脚像在冰面上一样，滑行了一段。

权九面对着院子里的梨树，入了迷似的，仿佛那棵梨树从天而降，或者从地底下突然拔将出来，树上面结着樱桃大小的梨子，颗颗俱是神的启示，或者佛家般若。

善媛跪在权九脚边，那一瀑黑发，昨夜让崔梦阳雨雾雷电，几度迷失，现在云散雨收，在脑后挽成九龙戏珠样式的发髻，用一根发钗定住。

崔梦阳走到近前，看见她脸上泪痕尚湿。

"——是我的错。"崔梦阳傍着善媛跪下。

权九扭转过头来，他的目光像个大巴掌从头顶处压下来，让崔梦阳喘息艰难。权九沉默良久，双膝"轰隆"一声对着善媛跪下了，唬得善媛抬起头来，一时手足无措。

"是我的错！"权九的头"咚"的一声磕下去，"我对不起你，对不起你地底下的母亲。"

"父亲——"善媛眼泪迸送，伸手去扶权九。

权九甩脱了她，额角红肿，起身离去了。从那一刻起，他再也没正眼看过崔梦阳，再没跟他讲过一句话。他们在一个屋檐下又生活了几个月，权九早出晚归，夜里回来的时候，身上酒味儿能把蚊子醺醉。他在木廊台上唱《江河水》，唱得风嘶嘶雨潇潇，百转千回，时不时地中断，喝一口酒。

善媛坐起来，双臂抱紧双膝，头枕在膝盖上，听得泪珠盈眶。

崔梦阳拉她回被窝，被她挣脱开。善媛走到拉门边，跪着,匍匐于地,暗夜中,像只不得家门而入的羔羊。

权九出事那天,夜深时才回到家。善媛让橘子用小石锅煮了辣牛尾汤,权九喝出一身大汗,大半夜的,在院子里洗澡。

"江河水,江河水——"他边用盆往身上泼水边唱,"白马万匹,碧龙一条——"

"这位老人家是水草托生的吧?"崔梦阳嘟哝,"江河水江河水,灌了一天了还不让人睡觉?"

他们几乎是刚刚睡着,就被橘子吵醒了。

权九洗净了身体,衣服穿得板板正正,双手交叠放在胸前,神情安恬,头下的枕头浸透了血,乌沉沉变成了块老紫檀,血腥气压住了酒气,弥漫在清晨的空气中。

崔梦阳伸手摸了摸权九,他的手冰凉如瓷。他回头去看善媛,她的脸白蜡蜡的,神情恍惚,如似在九霄云外。


他们花了一个月的时间,把权九囤积的夏布卖掉。卖掉夏布之前,善媛像父亲一样,把夏布在阳光下面河水似的抖落开来。秋阳落在夏布上面,金斑点点,麻线纤维,脉络清晰。然后它们被卷起来,抽丝般,一匹匹被运出家门。

房间越来越空,崔梦阳带着满袋子的银子离开时,已经是初冬了。他离开前的那些日子，善媛泪眼汪汪，"不知道为什么，心里难过得不得了。"

"人生最苦是别离。"崔梦阳也心如刀绞，跟着她落下泪来。

善媛拿起崔梦阳的手放在自己的心口，她的心像只兔子，蜷在胸腔里，惊恐不安，"你一走，好像天再也不会变亮了。"

每天至少有几十次，崔梦阳觉得自己应该留下来，跟善媛、橘子，跟宅邸，跟夏布留在一起。让那些功名利禄见鬼去吧。

一直到他上车，探头出去，回头看着善媛和橘子站在大门口，身影轻飘飘，白细细的，而她们身后的宅院，巨大幽深，黑沉沉，空洞洞的。

他双手捂脸，放声痛哭。


崔梦阳回到阔别一年的汉城府，出入相熟的花阁。在软玉温香的时刻，他常会想起善媛。她的心被他带走了，像只小鸟，揣在他的心里，有时候会啄疼他。他从温暖香糯的身体旁边起身，穿衣离开花阁。外面空气清冽，新雪散发着淡淡的腥气，路白花花在脚前铺展，仿佛那一匹匹从宅邸里流出去的夏布。

那些夏布一路把他铺上了黄榜,取得了官职。虽然是七品微末,但以他的年纪阅历,也算是光宗耀祖了。

宗族家长召他去见面。父母死后,崔梦阳流连花阁,有次跟这位四品大人在一位当红舞伎的房间里狭路相逢,"真是失敬啊!"他被讥讽。

他两手相叠在身前,低下头。

"听说你卖了祖屋?"

"只是暂赁出去,"他说,"我需要盘缠去投奔先父的朋友,他是个盐商,或可愿意资助我考取功名——"

"盐商?资助你?他脑浆被盐水腌了?"

"春风吹又生啊,"家长很客气,拉着他的手,让他坐在身边,打量他,"果然是一表人才,难怪左相大人要招你当女婿呢。"

崔梦阳怔住了。

"以前你行差踏错,年少荒唐,我就不跟你计较了,"家长说,"浪子回头,殊为难得。"

"承蒙抬爱,我其实——"

"且不说左相大人位高权重,难得他抬举你,听说那位玉姬小姐,"家长压低了声音,胡子刮到他脸上,狎昵地说道,"倾国倾城,体态风流,汉城府三千子弟,倒有两千九百九十九个为她辗转反侧呢。"


"我住的那处宅邸,"在官府,崔梦阳问府尹大人,"之前是盐商自住吗?"

"是啊,"府尹大人连忙问,"大人起居饮食有什么不适吗?"

"那倒没有,"崔梦阳说,"我听仆从讲起,住过夏布商人——"

"权九啊?"府尹大人笑了,"这个宅邸是他盖的,虽说不是贵族,但当年,权九是南原府数一数二的富人呢,只是后来——"

府尹大人突然截断话头儿,轻描淡写,"——陈年旧事,不提也罢。"

崔梦阳打开手里的折扇,搅动的风,掩饰了他的心跳。当年他随着权九出入过几次酒肆,初到南原府时,久闻这里是美女窠温柔乡,那时身上还有几两银子,他也曾在花阁里招揽过歌伎舞伎,不过他确实对这位府尹大人毫无印象。

左相大人替他争取到这个官缺时,无异于当头一棒,他让玉姬去跟父亲求情,只推说舍不得父母,不赴外任。但玉姬倒是兴致勃勃,"去南原府吃美食喝米酒听盘瑟俚,何乐而不为？听说还是个美人窝，我打赌大人嘴上说不想去，心里只怕五步并三步，急得跳脚呢。"

崔梦阳婚后入赘左相府，府邸里仆从如云，衣来伸手，饭来张口，有贵客来访时，左相大人经常招他叨陪末座，与朝中重臣同席畅饮，指点江山，挥洒自如；回房间后，又有玉姬的花容月貌、轻言细语。

崔梦阳对自己的生活非常满意，从他决定成为左相大人女婿的那刻起，他就已经把南原府的人事，当成自己年少轻狂的一场大梦。他觉得没有什么好替善媛担心的：她年少美貌，守着一个大宅邸，多少市井少年巴不得跟她双宿双栖；或者她会被某个贵族包为外室，再或者，她因为相思过重，痴情而死——

每次想到这里，崔梦阳都仿佛真的听到了噩耗，心如刀绞，泪流不止。

左相大人的女婿年少有为，聪明乖巧，但金无足赤，人无完人，这位上门女婿经常在睡梦中四处游荡，最后总会在书房里停留，写诗或者作画。

淫词艳句倒也罢了，仆人们不识字，但那些画可是一目了然，经常一夜间崔梦阳十几张二十几张连续画下来，宛若某场风流韵事的现场记录。仆人们每日清晨抢着去书房干活儿，有一次居然还打破了头。

猿 声

"没有不透风的墙,您的那些画被传扬了出去,众说纷纭,"玉姬羞恼至极,"连累我都要被取笑打趣,真是丢人现眼。"

"梦中鬼使神差,"崔梦阳申辩,"非我本心啊。"

找了郎中来看,崔梦阳并无实症;请了汉城府最有名的阴阳风水先生,他在府邸里四下巡查,最后,盯紧了崔梦阳,"只怕是有些阴债未偿。"

"绝无此说。"崔梦阳瞥一眼左相大人,朗声作答,"梦阳少年时,两位高堂仙逝,倒是他们临去时对我颇觉亏欠。"

玉姬从来没像现在这样忙碌过,花匠、泥水匠、木匠、画匠在府邸里进进出出。有天傍晚,崔梦阳从官府回到宅邸时,一个女孩子从门内闪出来,"公子回来了?"

崔梦阳晃花了眼,把女孩子当成橘子,他揉了下眼睛,发现确实是橘子站在眼前,跟他离开时相比,她现在是成年女子了。

"真的是公子回来了!!!"橘子从石阶上三步并作两步,几乎是跳下来,拉住他的衣襟,"小姐等您等得好苦啊。"

崔梦阳说不出话来。

"您不会把小姐忘到九霄云外了吧?"橘子见他没有反

应，抓紧他的双臂，用力摇动，"当初您可是咬了手指写了血书、发了毒誓的——"

"放肆！"崔梦阳身后的随从呵斥橘子。

橘子这才注意到他身上的官服，返身往宅邸里面跑，"小姐，小姐——"

崔梦阳睡里梦里，踏上几级石阶，进了大门，厅堂上的情景让他说不出话来：玉姬和善媛在木廊台上相对而坐，她们中间，隔着一个大大的绣架。橘子的一只鞋跑丢了，扔在木廊台前面。

玉姬瞪了橘子一眼，朝崔梦阳笑着施礼，"大人回来了？"

崔梦阳点点头，目光转向善媛，他们之间隔着一个庭院，几株石榴，千山万水。

十年不见，善媛变成了新识，乌发如鸦，眉目如画，淡灰色的衣裙绣着祥云。岁月并没有让她的美貌失色，反而打磨得更加光彩照人了。崔梦阳一如当年初见她时，口干舌燥，心如鹿撞。

"小姐——"橘子去拉善媛。

善媛回身看着橘子，直到她沉默，退到后面。

"这位就是府使大人。"玉姬给善媛介绍。

善媛看着崔梦阳，双手相叠，举过头顶，俯身大礼参拜。

"我让她们住下来了。"晚餐时,玉姬对崔梦阳说,"这位善媛小姐,虽说是个绣娘,举手投足,倒是个知情识趣的。橘子有些没轻没重,不过,跟仆人也计较不了那么多。"

汤匙滚烫,被崔梦阳整个塞进嘴里,他随即吐出来。

"没事儿吧?"玉姬问。

崔梦阳舌头火辣辣地焦痛,"——你从哪里找到她们的?"

"我正想着要绣几个屏风,"玉姬说,"刚好橘子上门来卖绣品,你真该看看善媛绣的那些东西,花朵有香气,鸟儿能唱歌,她的绣针绣线都是魂灵附了体的。"


善媛在宅邸里住了下来,玉姬指挥用人把所有的绣架支起来,绷上新的夏布,客室变成了五湖四海。丝线装了一大篮,长短粗细的绣针各式各样。善媛无声无息,行踪都在夏布上头。日复一日地,春兰秋菊,夏荷冬梅,渐渐成形,进而缤纷妩媚,争妍斗艳;再往后,招来燕子鸳鸯,鹧鸪白鹤,相爱于江湖。

橘子帮忙端饭送茶,对别人有说有笑,遇到崔梦阳,表情立刻冻住。

"我们住的房子,居然是善媛的家!"玉姬有一天大惊小怪地说,"这个宅邸是善媛父亲盖的呢,他是夏布商人,花甲没来得及过呢,有天睡觉的时候,脑袋出血,血流成河啊,把性命流掉了。"

"这样哦——"

"善媛的夫婿去贩夏布,一去再无音讯。听橘子私下里讲,实际上是那个男人抛弃了善媛去巴结贵族家小姐去了。这个丫头根本是自说自话,哪个贵族小姐会嫁给一个布贩?"

"嗯。"

"她们穷困潦倒,把这里卖掉,在城边租了个小房子住。"

崔梦阳夜里无法安睡,在房间里走来走去。

回到南原府,崔梦阳的夜游症不治而愈。他偶尔踱进书房,想写写画画,可他再也没有在黑暗中作画的能耐了。即使掌了灯,他的头脑里仍旧混沌一片,写不出也画不出任何东西来。

他坐在木廊台上喝酒,对着院中那棵老梨树,邀上明月,一共三人。

"昨天夜里听见您在唱歌。"早晨用餐时,玉姬说道。

"是吗?"

"江河水,江河水,白马万匹,碧龙一条;谁能抓住江河水?马蹄无影,龙爪无形,俱都落入江河水。"玉姬轻声哼唱,"从来没听过这首歌,您是从哪儿学来的?"

崔梦阳身上的血,如同江河水遇冬,结成了冰,"——我唱的?"

"大人的夜游症,"玉姬掩口笑道,"越来越有趣了呢。"

崔梦阳去了几次流花酒肆,那些酒客,个个陌生;他挑选酒肆里最幽静又能观览全局的位置,几杯酒落肚,旧相识慢慢地从酒客脸上,一张张地露出端倪。盘瑟俚艺人就像从地底下钻出来的,忽然就站在酒肆中央,手里拿着折扇,"啪"地打开,且唱且吟,载歌载舞,"说起来,天底下,痴情女子痴情到死,黄泉路上泪流不止;风流小子风流快活,温柔乡里乐不思归。这位小姐,姓甚名谁呢——"盘瑟俚艺人的折扇点着身边的看客听众,"不说也罢;这个小子,飞黄腾达——"

盘瑟俚艺人朝崔梦阳这边转过脸,五官形体,活脱脱是权九。

但这是不可能的,崔梦阳抹了一把冷汗,权九早就枕着那个血枕头,魂灵化成丹顶鹤,飞到九霄云外了。

"喂——"他用手里的折扇指点着盘瑟俚艺人,"我请你喝一杯。"

盘瑟俚艺人摆手抬脚,跳着过来,笑嘻嘻地谢过府使大人,崔梦阳看清了他的脸,不是权九。

月亮在院中泻下一地银辉。

崔梦阳在后花园徘徊到深夜，每一步都踩在月光的雪坑里，他听见自己的心在胸腔里面"扑通扑通"跳动。他沿着木廊台走向后院，在"回"字的转弯处转弯，刚走到门口，拉门拉开了。

他和橘子对视了一下，他走进去，橘子走到外面，把拉门重又拉好。

崔梦阳在黑暗中缓缓穿过厅房，他闻到泥土和湖水的气息，他的腿也像被泥土埋住，身体被水流绞紧，他的心变成了笼中鸟，扑腾腾地拍动着翅膀。

善媛在房间里面绣花，两盏灯分别架在绣架两端，她扭转颈项朝门口转过头时，脸孔的边缘镶了金边。

"——大人来了？"


玉姬在睡梦中忽然惊醒，她坐起来，看见卧室拉门拉开了一扇，嵌出块方方正正的幽蓝，善媛素白衣裙，皎如玉树。

善媛双手交叠，双臂抬至头顶，慢慢地行了个大礼，起身时，仿佛一团雾气消散开来。

玉姬怔怔地坐着，心跳得很厉害。

崔梦阳的床榻空荡荡的，虚着一片月光。他好像越来越适应南原府的生活了,每夜都去酒肆,偶尔,身上沾染着胭脂香粉回来。

玉姬婚前,左相夫人曾请过两位相熟的夫人,对她秘传男女之事。虽然她对风月事没有阅历,却发觉崔梦阳分花拂柳,驾轻就熟,她追问他是不是曾有过什么相爱的人。

崔梦阳支吾半天,承认自己曾经被一个平民出身的富家小姐爱上过。

"后来呢?"

"夫妻缘分,都是前世定好的。"崔梦阳说,"只怕现在,人家正跟如意郎君齐眉举案、花好月圆呢。"

崔梦阳夜不归宿。

第二天崔梦阳也没有按时去官府应差。

玉姬差人去酒肆打听,说是府使大人昨夜去过,但早就走了;官差们又去花阁,叫嚷吆喝,搅扰了一大堆春梦,惹得留宿的府尹大人发了脾气,但他一听说南原府使大人没了影踪,急忙穿好衣服跟着来到府使大人的宅邸里。

府使夫人面色憔悴,却比平日更加楚楚动人。她在庭院里找来仆人问话,厨娘支支吾吾说,昨天半夜,大人好像进了绣娘善媛的房间。

现在都日上三竿了,两个人还在房里,门关得死死的,仆人敲了几遭敲不开。橘子也不知道死到哪里去了——

府尹大人指挥官差破门而入，房间里面阒寂无声，他们一直走到内室——南原府使大人身体赤裸，头朝下，仿佛一头扎进床榻深处似的，溺毙多时。

府尹大人脚步踉跄，奔回客室寻找南原府使夫人。

玉姬站在绣架前面，脸色煞白，浑身发抖，夏布衣裙簌簌作响——

夏布上面，曾经的姹紫嫣红、鸟语花香，跟善媛和橘子一样，消失了影踪。